L'OMBRE DES VAMPIRES

L'auteur

Mette Skot Perschke a 30 ans. Danoise, elle a publié son premier livre à 23 ans, après des études de mathématiques et de sciences naturelles. Elle est passionnée par la musique (elle joue de la batterie et compose des chansons), les baleines et la littérature. Elle est également traductrice anglais/danois.

Mette Skot PERSCHKE

L'ombre des vampires

Traduit du danois
par Jean-Baptiste Coursaud

POCKET
jeunesse

Titre original :
Under Overfladen

Publié pour la première fois
par Forlaget Fremad, Danemark.

Loi n° 49-956 du 16 juillet 1949 sur les publications
destinées à la jeunesse : mars 2003.

ISBN 2-266-10379-2

CHAPITRE PREMIER

La pleine lune traçait des sillons de lueur blanche entre les arbres du jardin. Des ombres aux contours acérés se dessinaient sur la pelouse.

La nuit était douce et tranquille.

Quand soudain, le silence fut interrompu par la respiration saccadée d'une femme.

Elle courait dans l'herbe. Courait vers la maison, vers les fenêtres qui filtraient la lumière. Si seulement elle pouvait atteindre cette lumière, elle serait hors de danger.

Elle jeta un regard par-dessus son épaule.

Oh mon Dieu !

Il était parti. Elle avait réussi à le semer.

Et puis elle l'aperçut.

Il lui faisait face ! Comment pouvait-il… ?

Pourquoi se tenait-il là, juste devant elle ?

Elle commença à sangloter. Il lui barrait la route. L'empêchait de rejoindre la maison. Elle était obligée de redescendre, de contourner l'étang, de courir pour ne pas tomber dans ses filets.

Entre les arbres, elle distingua l'eau de l'étang, glauque, étale.

— Vous ne pouvez pas m'échapper. Je vous retrouverai. Je vous retrouverai toujours.

Sa voix était un grognement rauque.

Elle savait qu'il avait raison. Il n'était pas humain. Il avait scellé un pacte avec…

Brusquement, sa longue robe blanche s'enroula autour de son pied. Elle trébucha, tomba de tout son long.

L'eau tiède de l'étang se referma sur elle et emplit ses poumons au moment même où elle cria.

Sara se réveilla en sursaut.

Elle suffoquait presque tant l'air lui manquait. Son cœur battait à tout rompre.

Mais elle n'était pas morte !

Elle se passa une main dans les cheveux. Ils étaient trempés. Non par l'eau de l'étang, mais bien par la transpiration.

Où était-elle ?

L'obscurité l'environnait. Il flottait une vague odeur d'essence.

Tout lui revenait à présent. Elle se trouvait à l'arrière d'une Volvo. Elle se redressa pour s'asseoir.

— Bien dormi ? demanda son père, mains sur le volant.

Sara fit oui de la tête. Son père se fichait pas mal de connaître son cauchemar. Sans doute parce que lui-même ne parvenait pas à dormir sans en faire.

Le cauchemar habité par cette femme était bien plus qu'un simple cauchemar. Il semblait tellement réel…

Elle se frotta les yeux.

C'était la deuxième fois. Deux fois de suite qu'elle faisait le même rêve depuis qu'ils étaient partis de la maison.

La maison !

Elle n'en avait plus. Vendue, la maison ! Cette demeure où elle avait vécu toute sa vie – seize années entières. Et voilà qu'ils faisaient route vers une baraque quelconque, une bicoque qu'elle n'avait jamais vue.

Elle appuya la tête contre la vitre, regarda les champs défiler à toute allure. Un léger voile de brume matinale recouvrait la terre.

Comment son père pouvait-il, comme ça, presque en claquant des doigts, tout vendre et laisser derrière eux tous leurs souvenirs ? Tout ce qui était cher à Sara était attaché à cette maison. Et puis, c'était tout ce qui lui restait pour lui rappeler sa mère.

Sara ne se souvenait pas d'elle. Il lui suffisait pourtant de marcher dans la maison – la vieille maison, la leur – pour que de vagues images de sa mère reviennent à la surface de sa mémoire. Même ça, désormais, elle en était dépossédée.

Alors, bien sûr, il lui était impossible de pardonner à son père d'avoir, de cette manière, liquidé la maison sans lui en toucher deux mots.

Il prétendait que c'était *la chance de sa vie* ! La chance de sa vie en vue de quoi ? Et elle, alors ? Elle avait été obligée de dire adieu à tous ses amis.

Elle en eut les larmes aux yeux.

La voix de son père mit un terme à ses pensées :

— Et voilà ! On est arrivés !

CHAPITRE II

Le gravier crissa sous les pneus de la Volvo quand ils s'engagèrent dans l'allée de peupliers.

Les cimes des grands arbres se rejoignaient presque au-dessus du sentier et projetaient des reflets verdâtres à l'intérieur de l'habitacle.

Une large pelouse jouxtait les peupliers et un bosquet touffu s'étendait jusque vers la route.

— C'est beau, non ? demanda son père en désignant, d'un grand geste, la maison qui se profilait au bout du chemin.

Le bâtiment était blanchi à la chaux et le toit d'ardoises brillait déjà sous la lumière du matin. Un large escalier flanqué de deux lions assis montait vers la porte d'entrée où deux colonnes torses soutenaient un auvent. Des roses rouges et jaunes grimpaient le long des murs tandis qu'un vieux chêne poussait au beau milieu de la cour.

Sara observa le lieu. L'espace d'un instant, il lui sembla être déjà venue ici. Elle sut immédiatement comment les rayons du soleil s'infiltraient par la fenêtre pour inonder la salle à manger et heurter le grand miroir doré.

D'un mouvement d'épaules, elle balaya cette impression de déjà-vu.

— C'est mignon, dit-elle.

Son père lui lança un regard implorant dans le rétroviseur.

— OK… c'est très beau. Mais je préfère notre… vieille maison. Elle ressemblait à quelque chose, elle ! Pas comme cette bicoque qui…

Elle haussa les épaules et ouvrit la portière.

Il faisait chaud, une odeur de fumier et de roses stagnait dans l'atmosphère.

Sara n'avait absolument rien contre cette odeur, mais c'était une odeur de vacances. Et elle n'avait pas envie de la sentir chaque matin au réveil.

« Ce que tu peux être négative ! C'est encore ton foutu cauchemar ! » se dit-elle en descendant de la voiture. Elle s'étira.

C'était en fait très joli.

Elle n'avait pas encore remarqué la vue sur les fermes et les champs alentours qu'offrait le manoir, construit sur une butte.

Son père posa un bras sur ses épaules.

— Tout va bien se passer, Sara. Je te le promets. Imagine ce qu'on va pouvoir faire ici. C'est merveilleux ! Et j'ai une surprise pour toi.

— On rentre à la maison ?

Le sourire de son père se figea. Sara se mordit la lèvre.

— Excuse-moi.

C'était injuste de sa part de lui faire de la peine.

— Alors, cette surprise ? demanda-t-elle.

— Rien. Ce n'est pas important, se contenta-t-il de répondre en secouant la tête.

Elle le regarda de biais, une expression de supplication dans les yeux.

— S'il-te-plaît ? dit-elle en singeant la voix d'une petite fille.

Une de ses tantes parlait ainsi. Dès qu'elle l'imitait, son père finissait par éclater de rire.

— C'est quoi, cette surprise ? Hein, mon petit papa chéri ? poursuivit-elle.

Comme prévu, il se décrispa et sourit.

— Il y a une peinture à l'intérieur. Un tableau du XIXe siècle. Je ne sais pas dans quel état il est, mais peut-être que ça te plairait de…

— Oui ! Oui et trois fois oui !

Elle sentit comme une aspiration au creux de l'estomac. Elle allait restaurer une vraie, une authentique peinture du XIXe siècle. C'était là son rêve le plus cher !

Son père avait été restaurateur de tableaux pendant des années. Elle l'avait aidé à révéler des motifs de fresques, devenus imperceptibles. Avec lui elle avait nettoyé les peintures inestimables du musée où il avait travaillé. Pourtant, depuis la mort de la mère de Sara, il avait délaissé la pratique au profit de la théorie (il écrivait des ouvrages consacrés à la restauration). Il prétendait avoir perdu le calme intérieur nécessaire à ce travail délicat. Néanmoins, il avait transmis son savoir à Sara.

Elle adorait se tenir devant une peinture dans un état de quasi-délabrement et lentement assister à la renaissance des couleurs et de la beauté. Elle s'était entraînée sur des toiles sans aucune valeur que son père avait volontairement abîmées. Et maintenant... voilà qu'elle allait enfin pouvoir s'atteler à une restauration digne de ce nom.

— Merci beaucoup !

Elle serra son père dans ses bras. Puis, esquissant quelques pas de danse, elle courut jusqu'à la voiture et ouvrit le coffre.

— On y va ? cria-t-elle, un carton dans les bras.

Peut-être que ce n'était pas si stupide de déménager...

Son père l'observa un instant. Comme elle ressemblait à sa mère ! Les mêmes yeux, les mêmes cheveux bruns qui lui tombaient sur les épaules, le même tempérament affectueux. Sara était plus grande, plus mince que sa mère, mais cela s'expliquait certainement par la « mauvaise influence » qu'il avait eue sur elle. Les quelques jours passés à la plage avaient accentué son bronzage. Elle portait un jean délavé et une vieille chemise blanche qu'elle lui avait empruntée.

Il ouvrit et ferma les yeux à plusieurs reprises, réveillant une image : la mère de Sara gisant sur le sol de la cuisine.

Elle était dans un coma profond à la suite d'une hypoglycémie, et il n'avait rien fait. Il s'était contenté de rester assis pendant des heures à côté de son épouse.

Il avait aimé sa femme, et il l'aimait encore. Mais il voulait que son souvenir le laisse en paix. Qu'il puisse enfin dormir tranquille.

Les cauchemars étaient toujours les mêmes. Elle se levait de son cercueil, lui reprochait de l'avoir laissée mourir et le suppliait de la rejoindre. Et il avait constamment envie de la suivre. La seule chose qui l'arrêtait, c'était Sara.

— Tu viens ? cria celle-ci en gravissant l'escalier qui menait à la porte d'entrée.

Il courut vers elle et déverrouilla la porte.

Sara embrassa du regard le vaste hall où un large escalier en spirale montait jusqu'au premier étage. L'espace d'une seconde, il lui sembla voir un cortège de femmes superbes et d'hommes élégants venus fêter la fin des moissons.

Elle entra. Une odeur de renfermé imprégnait les lieux sans pour autant qu'ils soient recouverts de poussière ou de saleté.

Elle franchit une porte sur sa droite et pénétra dans la cuisine où elle déposa le carton. Elle regarda autour d'elle.

Une grande table en bois patiné trônait au milieu de la pièce. L'évier était situé sous la fenêtre ; il lui suffisait de se mettre sur la pointe des pieds pour apercevoir les champs en contrebas de la petite colline.

Soudain, elle réalisa qu'elle était allée directement dans la cuisine. Sans savoir où elle se trouvait ni avoir consulté les plans de la maison. Elle n'avait même pas eu besoin de la chercher !

Au même moment, son père la rejoignit, portant deux cartons dans les bras.

Il jeta un coup d'œil sur le sol, près du four. Il s'attendait à trouver sa femme gisant par terre – livide et inerte – comme il l'avait vue cette fois-là et chaque fois qu'il entrait dans la cuisine de leur ancienne maison. Mais il n'aperçut rien d'autre que le sol.

Il esquissa un sourire de soulagement.

— Comment peut-on avoir autant d'ustensiles de cuisine ? grogna-t-il en posant les cartons. C'est quand même chouette, non ? L'entreprise de nettoyage a vraiment fait du bon boulot.

Sara acquiesça et commença à ranger la nourriture dans le frigidaire.

— Je suis bien content que le reste du camion de déménagement ne soit livré que demain ! dit son père en sortant deux couteaux. Et si on cassait la croûte ? J'ai une faim de loup !

— OK ! Qu'est-ce que tu veux sur tes tartines ? Du concombre ? Du concombre ? Ou du concombre ?

— C'était quoi, ta deuxième proposition ?

Sara beurra deux tartines de pain noir et y déposa des rondelles de concombre.

— Et si on allait manger dehors ? Comme ça, on gardera le plus passionnant pour la fin. Le tableau !

Ils sortirent par la porte de derrière. La première chose qu'elle remarqua fut une terrasse en pierre pourvue d'un escalier qui descendait jusqu'à la pelouse. L'herbe poussait entre les marches et, le long de la terrasse, la balustrade était rongée par les années.

— Impressionnant, non ?

Sara ne répondit pas. Elle était aux anges.

Ce n'était pas un jardin, mais un parc !

Les parterres étaient aménagés en fonction de la couleur et de la taille des fleurs. Les buissons et les arbres étaient plantés en harmonie les uns avec les autres. À moitié dissimulée derrière de lourds troncs d'arbres, elle distingua un kiosque.

C'est alors qu'elle l'aperçut.

Au pied de la colline.

Un étang !

En une fraction de seconde elle revit la femme de son cauchemar disparaître sous les eaux sombres.

— Ça ne va pas ? demanda son père, inquiet.

Elle hocha la tête.

— Tout est si… grand !

Elle avait du mal à détacher son regard de l'eau glauque recouverte de nénuphars blancs.

Ils descendirent la pente tout en mangeant leur tartine.

— Si on allait visiter la maison quand on aura fini de manger ? Mais uniquement si tu en as envie ! ajouta aussitôt son père.

— Avec plaisir. J'ai hâte de voir à quoi ressemble l'intérieur.

Sara n'arrivait pas à expliquer la joie qu'elle ressentait soudain. Deux heures plus tôt, elle regrettait ses amis et voilà que maintenant… elle avait l'impression d'être chez elle. Elle n'éprouvait pas cette sensation d'être un peu seule, un peu abandonnée, comme chaque fois qu'elle se trouvait dans un endroit inconnu. La seule chose qui l'inquiétait, c'était l'étang. Tout le reste était parfait ! Trop parfait peut-être ?

— Hé ! Ho ! Quelqu'un peut venir nous aider ? interrogea une voix du haut de la butte.

Les déménageurs !

— Mais... balbutia son père, et il passa une main dans ses cheveux grisonnants. Je rêve !

Sara le regarda s'éloigner en courant.

— Vous ne deviez venir que demain ! l'entendit-elle crier.

— Ce n'est pas ce qui est indiqué sur notre feuille de route, répondit l'homme tout en essuyant la sueur de son front. C'est pas merveilleux de retrouver toutes vos affaires aujourd'hui même ?

Sara secoua la tête en souriant et poursuivit son exploration. Ses pas la conduisirent à l'étang.

L'eau sombre l'attirait comme un aimant.

La surface était calme, stagnante presque. Sara pouvait voir son visage s'y refléter.

L'eau semblait immensément profonde.

Froide et profonde.

Quelles sensations pouvait-on éprouver au moment de la noyade ?

L'eau s'agita soudain et Sara vit s'évanouir son visage. Elle s'éloigna de la berge d'un mouvement brusque. Elle avait toujours eu peur de l'eau. Elle ignorait pourquoi l'eau lui semblait si menaçante. Si calme en apparence, alors que sous la surface…

Un frisson la parcourut, mais elle était en même temps rassurée que le soleil brille et lui réchauffe le dos. Elle songea un instant à rentrer à la maison et se sentit stupide. Il n'y avait pas à avoir peur. C'était juste un étang.

Elle continua son chemin et, un peu plus loin, tomba sur un petit bois de cyprès.

Les arbres poussaient de manière si dense que leurs branches s'entremêlaient. Impossible de les distinguer les uns des autres. Ils avaient été plantés pour former un cercle, aussi en fit-elle le tour, se demandant de quoi il s'agissait réellement. Dans ce parc, chaque détail participait à l'harmonie de l'ensemble. Tout, à l'exception de ce bosquet.

Elle marchait en laissant glisser ses mains sur les branches des cyprès. Elle aimait toucher les choses, deviner leur structure, « sentir » les couleurs.

Soudain, elle découvrit au milieu des arbres, quelques mètres plus loin, une trouée dans l'ombre. Dès qu'elle s'y enfonça, elle eut la chair de poule.

Et pas seulement parce qu'il y faisait un peu frais.

Il y avait une pierre tombale !

CHAPITRE III

Sara fixait cette pierre légèrement incurvée qui trônait au milieu du cercle de cyprès. Elle eut soudain envie de courir, de rejoindre la maison. Et pourtant, elle ne bougea pas.

La pierre tombale était parfaitement droite, comme si elle venait juste d'être scellée. L'inscription, quoique gravée, était en revanche presque effacée.

Qui pouvait bien être enterré ici ?

Elle fit quelques pas hésitants vers la sépulture.

Sous ses tennis, l'herbe fraîchement tondue lui fit l'effet d'un duvet.

Des fleurs avaient été posées sur la tombe.

Des lis blancs.

Sara n'aimait pas les lis, trop artificiels à son goût, pareils à de la cire.

Elle se pencha près des fleurs et plissa les yeux pour déchiffrer l'inscription, une main prudente légèrement tendue, prête à être retirée, si jamais…

Si quoi ?

Si jamais une main jaillissait soudain de terre et s'emparait de son poignet ?

Elle sourit. Elle avait dû voir trop de films d'horreur.

Ses doigts effleurèrent la pierre froide, puis les lettres quasi estompées.

Il y avait un nom. Et deux dates. Rien de plus.

Thérèse. 1816-1832.

Sara frémit. Elle fut prise d'un vertige. Ce devait être la chaleur.

Elle relut l'inscription. Elle avait beau ne pas en croire ses yeux, elle ne rêvait pourtant pas : c'était bien la tombe d'une jeune fille.

Une fille qui n'avait pas dépassé les seize ans.

Une fille exactement de son… de son âge !

Et les fleurs…

Qui pouvait bien venir déposer des fleurs sur une tombe aussi vieille ?

Elle eut soudain l'impression d'être surveillée. Elle jeta des coups d'œil terrifiés autour d'elle.

Au même moment, un oiseau s'envola d'un des cyprès.

Le souffle court, elle se mit à courir. Loin de ces arbres ! Loin de cette tombe ! Loin de cet étang ! Il fallait qu'elle regagne la maison. Vite !

Le père de Sara se trouvait dans le hall quand elle entra. Il la regarda d'un air étonné.

— Qu'est-ce qui ne va pas ?

— Est-ce que tu savais... qu'il y a une... une tombe dans le parc ?

Son père acquiesça.

— Non, pas là. Dans le salon ! cria-t-il à l'intention d'un déménageur qui emmenait un fauteuil dans la cuisine.

— Tu sais qui c'est ?

Sara devait absolument en savoir davantage sur... Thérèse.

— Qui ça ? demanda-t-il, absent.

— Mais la tombe !

Ne comprenait-il pas ce que tout cela signifiait pour elle ?

— Ah ! Celle-là ! Elle contient la dépouille de la fille des premiers propriétaires du domaine. Elle s'est suicidée. Ils n'ont pas eu la permission de l'inhumer en terre consacrée. Voilà pourquoi elle est enterrée là-bas.

Un suicide !

Sara se mordit la lèvre. Pourquoi une fille si jeune voudrait-elle mettre fin à ses jours ?

— Comment... comment a-t-elle fait ?

— Fait quoi ? Attention... c'est fragile !

Un bruit fracassant résonna dans le hall. Un des déménageurs avait fait tomber une caisse. Le contenu se déversa sur le sol en marbre.

Pétrifié, le père ne put que constater les dégâts. Lentement, il s'approcha d'un des objets enveloppé dans du papier journal. Il se pencha comme un automate, enleva le papier.

C'était une photographie.

Dans le cadre, le verre s'était brisé, déchirant la photo de part en part.

Il la contempla.

Une femme aux yeux rieurs, *sa* femme, le scrutait. Mais quelque chose dans son visage était anormalement changé : il était comme tordu, et la bouche déformée par une moue dédaigneuse.

Son père se redressa et considéra Sara :

— Je vais faire un tour, lâcha-t-il avant de disparaître par la porte, laissant sa fille seule avec les déménageurs.

— Il aime bien marcher à cette heure de la journée, déclara-t-elle en se façonnant un sourire.

Que faire ? Sara se résolut à remettre dans son papier journal la photo abîmée, qu'elle rangea ensuite au fond d'une des caisses contenant ses propres affaires. Son père ne la verrait pas.

Pourquoi cet incident, précisément maintenant ?

Tout avait été si parfait. Sauf que désormais…

La tombe… L'étang… Thérèse…

Elle sortit dans le jardin et aperçut son père devant l'étang, immobile, les yeux rivés sur l'eau.

Elle s'élança pour le rejoindre et le prit par le bras.

Il se retourna, effrayé.

— Ah ! C'est toi ! s'écria-t-il, soulagé.

— Qui voulais-tu que ce soit ?

Il éluda sa question :

— Tu fais un petit jogging avec moi ?

Il courait tous les jours, soi-disant pour se remettre les idées en place. Mais Sara était persuadée qu'il avait surtout besoin d'être fatigué physiquement pour pouvoir s'endormir.

Elle ne l'accompagnait que deux ou trois fois par semaine et ça ne lui déplaisait pas. De cette manière, ils passaient un peu de temps ensemble.

Elle brisa le silence :

— La tombe est par là-bas.

Le père jeta un coup d'œil en direction des cyprès.

— Je sais.

— Pourquoi s'est-elle suicidée ? Thérèse ?

Il fronça les sourcils, songeur.

— Je crois qu'elle... qu'elle... En fait, je ne sais pas, dit-il en haussant les épaules. Elle s'est peut-être noyée dans l'étang.

Sara sentit ses cheveux se hérisser sur sa nuque, elle eut soudain la chair de poule.

Ainsi, Thérèse s'était noyée ?

C'était elle, la femme du cauchemar ?

— Tu ne vas tout de même pas te laisser impressionner ! Je n'ai jamais dit que l'endroit était hanté !

Sara ne l'écoutait plus. Elle essayait de se souvenir de la maison telle qu'elle lui apparaissait dans son cauchemar. En vain : l'image avait disparu. Était-ce leur maison que la femme tentait de rejoindre ?

Elle regarda par-dessus son épaule. Impossible de voir la tombe d'où elle se trouvait. Mais dès qu'elle fermait les yeux, elle parvenait à se remémorer chaque aspérité de la pierre. Et les fleurs ! Il devait bien y avoir une explication sensée à leur présence.

Avait-elle réellement rêvé de Thérèse ?

De retour à la maison, ils trouvèrent les trois déménageurs assis sur le pas de la porte, en train de se désaltérer.

— On a fini. Il ne nous reste plus qu'à voir pour le règlement.

Le père hocha la tête et s'éclipsa un instant dans la maison.

— Désolés pour la caisse que nous avons laissée tomber. Si jamais il y avait un objet de valeur, alors il faut… commença le déménageur lorsque le père de Sara revint avec l'argent.

— Non, non. Ne vous inquiétez pas !

Il retourna à l'intérieur sans rien ajouter.

Sara se hâta de rejoindre son père, qu'elle trouva dans le hall, occupé à fourrager dans les caisses, à les désosser les unes après les autres.

— Papa ?

— Où est-elle ? Tu peux me dire ce qu'ils en ont foutu ?!

Il se retourna vers Sara :

— Où est-elle ?

— Là ! Elle est là ! répondit-elle, effarée.

Elle courut vers la caisse où elle avait caché la photo de sa mère. Elle ne tarda pas à la retrouver, et la lui tendit.

Il tourna brusquement son visage vers elle et elle fut incapable de définir avec exactitude l'expression bouleversante qui s'en dégageait.

Était-ce de la peine ? Ou plutôt de la haine ?

— Jette-la !

— Mais…

— Je t'ai dit de la jeter, Sara !

Son père avait haussé le ton, d'une voix menaçante, ce qu'il ne faisait jamais avec elle.

— Qu'on puisse être tranquilles une bonne fois pour toutes dans cette maison.

Il se frotta les joues – avec une espèce d'acharnement, comme s'il voulait s'infliger une douleur quelconque.

Sara acquiesça et se dirigea vers la cuisine en toute hâte.

Elle jeta la photo dans la poubelle.

Les yeux marron de sa mère lui lancèrent un regard de reproche. Sara plongea la main dans le sac-poubelle pour retourner la photographie. Elle referma le couvercle et quitta la cuisine.

Son père semblait soulagé.

— Viens, ma chérie, dit-il en lui souriant. J'ai envie de te faire visiter la maison. On commence par où ?

— Là !

Elle désigna une porte sous l'escalier menant au premier étage, et, avant même que son père l'ait ouverte, elle sut avec certitude que la bibliothèque se trouvait derrière. Étrange…

Les rayonnages sombres, en bois, qui montaient jusqu'au plafond et s'étiraient le long des murs étaient vides. La moquette était usée, défraîchie. Et pourtant, Sara était en mesure de se la représenter neuve. De lourds fauteuils massifs avaient été autrefois disposés près de la cheminée, et une odeur de cigare avait flotté dans la pièce. Thérèse s'était certainement assise devant la baie vitrée, un livre sur les genoux, le regard perdu dans la contemplation des champs.

— Qu'est-ce que tu en penses ? demanda son père.

— C'est différent de ce que j'avais imaginé, sourit-elle. Mais je crois que je vais pouvoir m'y habituer.

Ils poursuivirent leur visite. Dans certaines des chambres, les déménageurs avaient entreposé contre les murs les meubles dont la présence ici semblait soudain tout à fait incongrue. Du mobilier moderne dans une bâtisse ancienne…

Les pièces, hautes de plafond, étaient ornées de stucs, qui descendaient le long des murs jaunis en formant des motifs splendides.

— J'ai trouvé la peinture sur laquelle tu vas travailler, Sara, dans un des cadres en rocaille de la salle là-bas.

Il désigna une porte à l'autre bout de la pièce.

— Ç'a vraiment été un coup de pot ! Un coin de la tapisserie, qui remplissait le cadre, pendait. J'ai découvert qu'une toile se cachait derrière. Je l'ai posée sur un chevalet de travail, ce qui te facilitera les choses. Tu veux la voir maintenant ? Ou bien tu préfères attendre et visiter d'abord le reste de la maison ?

Sara se mordit la lèvre. Bien sûr que non, elle ne pouvait pas attendre. Mais en même temps, elle voulait ménager son plaisir jusqu'au tout dernier moment. Elle voulait prolonger cette tension qui lui chatouillait le ventre.

Alors qu'ils montaient à l'étage, le téléphone retentit dans le hall. Le père de Sara leva les yeux au ciel, une expression de dépit dans le regard.

— Fais le tour des pièces et choisis ta chambre. Tu n'as que l'embarras du choix. Je reviens le plus vite possible.

Le téléphone sonnait avec insistance. Il dévala les marches.

— Au fait, j'ai pris la chambre qui fait face à la salle de bains. Ça ne te fait rien ?

De toute façon elle s'y attendait. C'était déjà le cas dans leur ancienne maison. La nuit, elle l'entendait souvent se lever et ouvrir le robinet du lavabo. Un jour, elle avait décidé d'aller voir ce qui se passait. Elle l'avait découvert figé devant le miroir, le regard arrimé à son propre reflet, tandis que l'eau lui aspergeait les mains. On aurait dit un dément. Ses cheveux étaient trempés, hirsutes. Des gouttes lui tombaient sur les épaules, coulaient le long de son visage livide. Mais cette expression dans ses yeux, pétrifiée, haineuse, c'est elle qui fit refermer la porte à Sara sans rien dire, et regagner son lit en toute hâte. Le lendemain, il était redevenu lui-même, et elle se garda bien de le questionner.

Elle balaya ce souvenir de son esprit et examina de nouveau le couloir : il distribuait huit pièces. La salle de bains se trouvait tout de suite sur sa gauche. Au fond, une porte était entrouverte. Intriguée, Sara se dirigea vers elle.

Avant même de pousser la porte, elle sut que là serait sa chambre. Et de même qu'elle en connaissait d'avance l'apparence, elle en devinait la particularité, l'étonnante singularité.

Elle ne s'était pas trompée : lorsqu'elle y pénétra, tout était comme elle se l'était imaginé, jusque dans les moindres détails.

La pièce était grande, rendue plus lumineuse encore grâce aux rayons du soleil que filtraient à travers les fenêtres et la porte à deux battants donnant sur le balcon.

Elle avait toujours voulu une chambre avec balcon. Elle courut sur la surface froide et nue du plancher et ouvrit grand la porte-fenêtre. Du balcon, elle avait une vue imprenable sur l'ensemble du jardin. Elle apercevait le pavillon dont la blancheur se détachait sur les arbres. Elle sourit. Tout lui semblait si... familier, si... sécurisant.

Elle tourna le dos au jardin et lança un regard circulaire dans la pièce. Les propriétaires précédents avaient laissé un vieux lit deux places, d'un bois foncé, pourvu de montants et de pieds finement torsadés.

Sara s'allongea à même le matelas et observa le plafond.

Elle ne fut pas surprise d'y découvrir une frise circulaire en stuc. Il devait en être ainsi. Et elle n'eut aucune peine à s'imaginer Thérèse, allongée dans la même position, les yeux perdus de la même façon dans la contemplation des motifs.

Étrangement, cette pensée la mit d'humeur joyeuse.

Elle se leva. Elle avait autre chose à faire que de paresser dans ce lit. Elle quitta la chambre et descendit l'escalier quatre à quatre. Elle entendit son père déclarer à voix basse :

— Mais je vous ai dit que j'aurais fini à temps !

Sara lui adressa un coup d'œil interrogateur et pouffa de rire en le voyant faire une grimace. C'était son éditeur qui le relançait encore. Son père devait bientôt remettre son manuscrit, qui servirait de manuel pour le prochain semestre universitaire.

Il posa une main sur le combiné et chuchota :

— La peinture t'attend, Sara ! Cette conversation risque de durer. Va donc voir dans la salle.

Elle traversa le hall pour se diriger vers l'autre pan de la maison, du côté opposé à la cuisine.

Le plancher en acajou craqua sous ses pieds lorsqu'elle arrêta sa course devant la porte entrebâillée sur l'ultime pièce qu'elle n'avait pas encore vue.

C'était donc elle !

La peinture...

Plutôt grande, elle mesurait un mètre de haut pour cinquante centimètres de large.

Un rayon de soleil vint soudain se poser sur l'imposant chevalet qui prit alors un éclat lumineux dans cette pièce pourtant si sombre.

Lentement, elle s'approcha. Comment quelqu'un avait-il pu avoir l'idée de masquer une peinture sous une tapisserie ? Quelle que soit d'ailleurs la beauté de celle-ci. Car elle était belle, sans nul doute. Une vieille tenture en velours dans des tons violets, représentant un motif de feuillage en relief.

C'était de la profanation !

D'une main tremblante, elle effleura la surface irrégulière de la tapisserie. La texture était la même que... sur la tombe de Thérèse !

Elle retira aussitôt sa main, tout d'un coup mal à l'aise.

Qu'allait-elle trouver, derrière la tenture ?

CHAPITRE IV

L'herbe était humide de rosée, une odeur de terre flottait dans l'air, les feuilles sèches des arbres bruissaient, agitées par la douce brise nocturne. Dans les prés, le bétail ruminait.

Une silhouette sombre s'approcha de la clôture avec la souplesse d'un chat. Elle n'eut aucune difficulté à sauter par-dessus la barrière. Puis elle s'immobilisa, et écouta.

Grâce à une ouïe fine lui permettant de déceler tous les bruits dont la nuit regorgeait, elle entendit le battement des ailes d'une chouette effraie, lorsque le rapace fondit sur sa proie ; de même qu'elle entendit le couinement effrayé de la souris.

La silhouette observait le bétail qui lui apparaissait comme une succession de zones de chaleur, rouges, palpitantes, au milieu de tout cet environnement bleuté et frais. Elle s'approcha. Ses pas étaient totalement silencieux. Et les vaches ne découvrirent sa présence que lorsque, postée devant l'une d'elles, elle posa une main sur son large front.

La bête tressaillit, sans pour autant s'enfuir.

La silhouette soutenait le regard de la vache, tandis que ses doigts continuaient de glisser doucement au-dessus de sa tête.

Lentement, l'animal se mit à genoux.

La silhouette s'assit à son côté tout en la caressant maintenant au niveau de la gorge. Là, juste sous la peau, elle sentait palpiter l'artère carotide – et c'était le feu, c'était la vie qui coulait dans cette veine.

La silhouette enfouit son visage dans le cou de l'animal, et lui murmura des mots réconfortants.

Avant d'ouvrir la bouche et de planter ses canines dans la chair si chaude.

CHAPITRE V

Sara cherchait l'air, suffoquait, persuadée que ses poumons allaient bientôt être remplis d'eau, l'eau de l'étang. Elle fixait intensément le plafond où s'allongeait une ombre descendant jusqu'aux portes du balcon.

Elle esquissa un sourire de soulagement lorsqu'elle se rappela où elle se trouvait.

Encore ce maudit cauchemar…

Elle se frotta les yeux, s'étira, convaincue qu'elle ne pourrait pas se rendormir. Quelle heure pouvait-il bien être ? Le jour n'était pas encore levé, en tout cas.

Son regard s'arrêta de nouveau sur le plafond.

Oh mon Dieu !

Une ombre s'y profilait bel et bien, qui semblait l'observer.

Ainsi donc l'ombre existait réellement. Elle la voyait !

Une silhouette de haute taille. Là-bas, entre les portes-fenêtres.

Ses yeux basculèrent en direction du balcon, mais elle ne distingua rien ni personne. Et lorsqu'elle jeta un ultime coup d'œil au plafond, seules les portes désormais s'y reflétaient.

C'était le cauchemar. Il faisait tourner son imagination à plein régime.

Était-il humainement possible de grimper jusqu'ici sans l'aide d'une échelle ou d'une corde ?

Non. Bien sûr que non ! Elle se leva et sortit sur le balcon.

La fraîcheur de l'air rencontra sa peau encore chaude de sommeil. Elle s'accouda à la balustrade et cala son menton dans ses mains.

Pas la moindre présence d'une corde en train de se balancer dans le vide. Pas la moindre trace d'une échelle. Elle eut pour elle-même un sourire moqueur puis se mit à contempler le jardin.

Comme c'était beau !

Elle s'imaginait parfaitement Thérèse, debout sur le balcon, écoutant les rumeurs de la nuit. Peut-être même s'était-elle tenue là, dans l'attente de son amoureux qui, à la faveur de la nuit, venait lui réciter des poèmes jusqu'à l'aube.

Elle soupira. Non loin, le bosquet formait une tache sombre, isolée. Ce bosquet qui abritait la tombe. Pourquoi Thérèse s'était-elle suicidée ?

Soudain, un mouvement, là-bas près de l'étang, attira son attention.

Elle inspecta l'endroit des yeux, mais ne vit personne. Parfaitement calme, la surface de l'étang prenait des tons argentés dans la lueur de la lune.

Y avait-il vraiment eu quelqu'un ?

Elle rentra dans sa chambre en toute hâte.

La veille, elle avait sorti le carton contenant tous les objets nécessaires au travail de restauration, dans l'idée de s'attaquer à la peinture le plus vite possible. La toile mystérieuse, recouverte d'une tenture, devait dissimuler un secret.

Elle ressentit un frisson d'excitation en prenant le carton sous le bras. Après tout, maintenant qu'elle ne pouvait plus dormir, autant se mettre au travail.

Elle descendit les marches sans faire de bruit et pénétra dans la pièce où se trouvait la peinture. Elle posa la caisse sur la vieille table de travail usée et alluma la lampe d'architecte que son père avait installée pour elle. Pensive, elle examina la tapisserie pourpre.

L'enlever ne poserait aucun problème – la colle pouvait se dissoudre dans l'eau.

Elle fouilla dans la caisse d'où elle ne tarda pas à extraire un bol qu'elle alla remplir à la cuisine.

Elle prit un chiffon propre, l'humidifia et le posa sur la tapisserie pour qu'elle se détache d'elle-même – une étape qui allait tout de même prendre du temps.

Puis elle regarda autour d'elle.

La veille, son attention avait été trop accaparée par la peinture pour qu'elle ait noté la disposition de la pièce, et ce n'était que maintenant qu'elle en découvrait la vaste superficie ; de même que la beauté des murs, tous décorés de stucs.

Des ceps de vigne s'entortillaient autour d'hommes et de femmes élancés, et, malgré les atteintes du temps, ils semblaient presque vivants.

Sur le mur dont la cheminée avait été condamnée, le cadre en rocaille où s'était trouvée la peinture paraissait tout défiguré, maintenant que la tapisserie avait été retirée.

Légèrement mal à l'aise, elle tourna son regard vers les visages en stuc qui, confinés dans l'ombre, la fixaient avec insistance. Lui reprochaient-ils ce qu'elle s'apprêtait à faire : découvrir la peinture ?

Elle préféra aller ouvrir la porte donnant sur la terrasse avant que son imagination ne lui joue des tours.

Le soleil était en train de se lever et la forêt alentour paraissait être en flammes. Elle esquissa un léger sourire. Bien sûr qu'ils allaient être heureux ici. Elle ne manquerait pas de se faire de nouveaux amis lorsque, après les vacances, elle entrerait au lycée, et que son père écrirait ses manuels scolaires et… et que Sara prendrait soin de lui, comme elle en avait l'habitude.

Tout irait bien.

Tout *allait* bien, en fait !

Elle retourna à la peinture en fredonnant et en retira le chiffon humide.

Elle attrapa un coin de la tapisserie et tira, d'abord en douceur, afin de ne rien endommager.

L'eau avait dissous la colle ; la tenture allait être relativement facile à enlever.

Impatiente de dénuder la toile, elle tira plus fort qu'il n'était nécessaire – le tissu se déchira. Elle ressaya, plus lentement cette fois.

Au moment où un pan de tapisserie se décolla, elle ressentit comme une aspiration au creux de l'estomac.

À quoi allait bien pouvoir ressembler cette peinture ?

Elle orienta la lampe d'architecte de façon que la lumière tombe droit sur la toile.

Mais… ???

Surprise, elle observa le petit espace qu'elle avait dévoilé.

C'était *noir* !

Abasourdie, elle laissa ses doigts glisser sur la surface aussi douce que le velours, mais noire comme la nuit.

Elle avait le vague pressentiment qu'il était sans doute préférable de laisser la tapisserie en l'état, et de tout oublier.

Mais en était-elle capable ?

Quelques heures plus tard, son père vint la rejoindre.

— Tu t'es déjà mise au travail ? s'étonna-t-il.

— Oui. Je ne pouvais plus attendre !

Il s'approcha et regarda la peinture.

La tapisserie avait été entièrement retirée, et la toile, ainsi positionnée sur son châssis, semblait démesurément grande.

Sara avait, dans le coin inférieur, révélé un contour, dans les tons de beige, qui tranchait avec tout ce noir.

— Qu'est-ce que tu as fait jusqu'à maintenant ?

— J'ai enlevé la tapisserie à l'eau, puis j'ai découvert, dessous, une couche de peinture encollée. C'est ce que je suis en train d'ôter.

— Comment ?

Son père la regardait en souriant. Il avait toujours mis un point d'honneur à lui demander d'expliquer comment elle s'y prenait, car, « sans la parfaite compréhension des matériaux et des méthodes, on ne devient jamais un bon restaurateur ».

— J'utilise de l'eau ajoutée à des enzymes... de la salive artificielle en fait, se dépêcha-t-elle d'ajouter. Et j'utilise un Coton-Tige et mes fidèles gants en caoutchouc.

— Tout ça m'a l'air très bien, Sara. Est-ce que tu crois que l'œuvre en dessous va en être endommagée ?

Elle secoua la tête, catégorique.

— Non. C'est une peinture à l'huile. Un peu d'eau ne peut pas la détériorer. D'ailleurs, on dirait que la toile est en assez bon état.

— Pourquoi, d'après toi, a-t-elle été recouverte ?

— Probablement parce que la maison a été rénovée au siècle dernier, et tout a été retapissé. La seule chose que j'ai du mal à comprendre, c'est pourquoi ils ont utilisé une couche de peinture noire en plus de la tapisserie !

Son père s'apprêtait à répondre lorsque la sonnette de la porte d'entrée retentit. L'écho résonna dans le hall. Il se dépêcha d'aller ouvrir, suivi par Sara, intriguée.

Une jeune femme se tenait sur les marches. Son teint bronzé rendait ses cheveux blonds presque blancs. Son visage était en partie caché par des lunettes de soleil gigantesques, aux verres si opaques qu'on ne distinguait pas ses yeux. Elle portait un short en jean délavé et une chemise blanche sans manches.

Elle était mince, mais formidablement musclée.

Sara trouvait qu'elle ressemblait à un chacal. Toute en muscles et en nerfs.

La femme tenait un journal dans une main et, dans l'autre, un grand sac militaire, informe. Elle sourit et retira ses lunettes.

Ses yeux étaient d'un gris acier, bordés par un réseau de rides blanches aussi fines que les fils d'une toile d'araignée. Elle n'était pas aussi jeune que Sara l'avait d'abord supposé. Elle devait avoir dans les trente ans.

— Frank Dam ?

Sa voix était grave, agréable.

— Oui.

— Je me présente : Vivian Rydvor. Je viens à propos de la pièce qui serait à louer.

— Nous n'avons rien mis en location. Vous avez dû vous tromper, rétorqua Sara, trop contente de se débarrasser de cette pimbêche le plus vite possible.

— Non, c'est vrai ! J'ai juste oublié de t'en parler, Sara, mais j'ai passé une annonce dans le journal, indiquant que je cherchais à louer une chambre.

— Et qui ne rêve pas de vivre dans un endroit pareil ! On se damnerait pour un tel paradis, n'est-ce pas ?

Le père de Sara éclata de rire.

— Laissez-moi vous faire visiter.

Sara les regarda disparaître au premier étage, d'où lui parvenaient les propos de son père dont le prêchi-prêcha le transformait en un vulgaire agent immobilier.

Comment avait-il pu oublier de lui dire qu'il voulait louer une des pièces ?

Elle l'entendit rire et décida de les rejoindre.

— Vous n'avez que l'embarras du choix pour la chambre. Mis à part celle de Sara et la mienne, bien entendu.

Sara jeta un coup d'œil en direction de Vivian, espérant qu'elle n'allait pas choisir la chambre contiguë à la sienne ; ce qu'heureusement elle ne fit pas, préférant celle proche des toilettes.

— Si vous êtes d'accord ? ajouta-t-elle en les interrogeant du regard.

— D'accord ? Bien sûr que nous sommes d'accord !

Le père de Sara dévisagea sa fille, qui était loin de partager son enthousiasme.

— Vous devriez peut-être d'abord en discuter avec votre fille, proposa la jeune femme.

Elle adressa un sourire à Sara.

— OK. Descendons pour en parler au calme.

— Vous n'avez qu'à nous laisser votre numéro de téléphone et nous ne manquerons pas de vous rappeler, déclara Sara, en s'éloignant vers la porte d'entrée.

— Cela risque de poser un problème. Je loge en effet dans une pension en ce moment. La chambre m'a été louée jusqu'à aujourd'hui, et je dois trouver une solution de remplacement le plus vite possible. Mais je peux, si vous le souhaitez, aller faire un tour et revenir, suggéra-t-elle, son sac déjà remis à l'épaule.

— Laissez vos affaires ici et allez plutôt vous promener dans le jardin. Ce sera l'affaire d'une minute, lui enjoignit le père avant de se diriger vers la pièce où se trouvait la peinture.

— Non mais regardez-moi ça ! C'est splendide, ici ! s'exclama Vivian depuis la terrasse, dans la lumière du soleil.

— Excuse-moi mais je crois que j'ai raté un épisode ! lâcha Sara, furieuse.

— Je suis vraiment désolé d'avoir oublié de te parler de cette annonce, ma chérie. Mais ça risque de coincer financièrement pour nous sans un locataire.

— Alors tu peux m'expliquer pourquoi tu as acheté une maison si on n'en a pas les moyens ?

Son père ne répondit pas, le regard soudain absent. Sara savait bien qu'il pensait à l'assurance vie de sa mère. Depuis sa mort, l'argent se trouvait sur un compte, à la banque, et il avait refusé de l'évoquer, encore moins de l'utiliser.

Les yeux de Sara furent attirés par le jardin, où, tranquille, Vivian se promenait, faisant cap désormais vers le cercle de cyprès. Qu'est-ce qu'elle allait fouiner par là-bas ? C'était son endroit, *le sien* !

— Donc on est d'accord ! affirma son père.

— Non, on n'est pas d'accord ! Qu'est-ce qu'on sait sur elle, hein ? Dans quoi elle travaille ? Est-ce qu'elle a des enfants ? Un élevage de boas constrictors, peut-être ? Et si c'était une tueuse en série ? Tu ne trouves pas ça un peu risqué de faire entrer dans sa maison la première étrangère venue ?

— Donnons-nous un mois. Et si elle ne te plaît toujours pas, alors on la met dehors. Qu'est-ce que tu en dis ?

— Quelle est l'alternative ?

— Il n'y en a pas !

Sara haussa les épaules. Parfois, elle oubliait que c'était lui qui décidait.

Il sortit sur la terrasse et appela Vivian.

— Alors ? Quelle est la sentence ?

— Nous allons d'abord faire preuve d'un peu de prudence. Vous pouvez rester ici pendant un mois, et si vous ne nous avez pas assassinés d'ici là, nous prolongerons la location.

— C'est vrai ? lui demanda-t-elle, la mine réjouie, avant de se tourner vers Sara. Je vais tâcher de me faire toute petite.

— Tant mieux, marmonna celle-ci, acide.

De retour dans le hall, Vivian prit son sac.

— Bon, eh bien si vous n'y voyez pas d'inconvénient, je reviens demain matin avec toutes mes affaires.

Sara observa Vivian, médusée. Ne venait-elle pas de dire qu'elle avait un besoin immédiat de la chambre ? Non que cela lui déplaise, au contraire : plus tard elle s'installerait, mieux ce serait. Mais c'était tout de même bizarre.

— Vous avez des enfants ?

Vivian fit non de la tête.

— Mari ? Amant ? Animaux ?

La réponse était encore négative.

— Un casier judiciaire vierge ?

— Sara ! s'exclama son père, choqué.

— Ce n'est pas grave, Frank ! Sara est tout à fait en droit d'être sur ses gardes. Vous ne me connaissez pas, et tout cela est allé si vite que je ne peux que me montrer heureuse de voir que tu me poses des questions, Sara.

— Il n'est pas dans mon intention de vous rendre heureuse.

Vivian mit son sac militaire sur ses épaules et déclara :

— Alors à demain !

— Quelle est votre profession ?

Se figurait-elle que Sara abandonnerait la partie aussi facilement !

Vivian se retourna et déclara avec un grand sourire :

— Je suis chasseuse d'animaux nuisibles.

CHAPITRE VI

Le reste de la journée, Sara le passa devant la peinture. Elle n'arrivait pas à se concentrer. Ses pensées revenaient continuellement à Vivian. Quel genre de femme était-elle ? Et pourquoi ne lui plaisait-elle pas ? D'habitude, elle donnait toujours une chance aux gens qu'elle ne connaissait pas avant de les juger. Mais avec Vivian, ç'avait été la haine au premier coup d'œil.

Chasseuse d'animaux nuisibles !

Elle pouffa de rire. Mon œil, oui ! Elle avait dit ça pour se rendre intéressante.

Décidée à chasser cette femme de ses pensées, Sara plongea un Coton-Tige dans l'eau mélangée aux enzymes et le frotta délicatement contre la peinture noire.

— Sara !

Elle leva la tête, effrayée.

— Qu'est-ce qui t'arrive ? Quelque chose te tracasse ?

— Je ne t'ai pas du tout entendu venir, papa.

— Combien de fois faudra-t-il te répéter de ne pas travailler dans l'obscurité ?

Elle se rendit compte que la pièce était plongée dans la pénombre.

Son père alluma la lampe d'architecte et plissa les yeux devant la lumière crue.

— Tu as drôlement bien avancé, dis donc !

Elle avait révélé une surface de quinze à vingt centimètres, tout au bas du tableau, montrant un fond dans les tons crème ainsi que des ombres floues. Elles pouvaient représenter tout et n'importe quoi.

— C'est que tu vas bientôt me mettre au chômage…

Il lui fit un clin d'œil.

Elle aimait le voir comme ça. Heureux. Elle espérait malgré tout que ce n'était pas uniquement à cause de Vivian.

— Tu sais quoi ? Pendant que je nous prépare du thé et des sandwichs, tu vas aller faire un petit tour dans le jardin. Ça ne peut te faire que du bien de prendre l'air.

Il la serra dans ses bras puis s'en alla en chantonnant.

Sara avait un peu mal à la tête, sans compter ses yeux qui lui piquaient. Elle s'étira et sortit sur la terrasse. En bas des marches, elle apprécia sous ses pieds nus le contact de l'herbe fraîche, humide de rosée. Elle essaya de ne plus penser à la peinture – mais en vain : son esprit ne cessait d'y revenir. Et avant même de s'en rendre compte, elle se retrouva au bord de l'étang, le regard aimanté par la profondeur de l'eau où, parmi les nénuphars, le ciel du soir se reflétait.

Qu'est-ce que ça faisait de sentir l'eau contre sa peau ? Qu'est-ce que ça faisait de laisser sa bouche se remplir d'eau ? Qu'est-ce que ça faisait de mourir ?

Elle s'éloigna de l'étang, la peur au ventre. Pourquoi avait-il sur elle un tel pouvoir d'attraction ? Et pourquoi pensait-elle à la mort, chaque fois qu'elle s'en approchait ?

Elle pressa le pas jusqu'à atteindre la couronne de cyprès. Elle s'enfonça dans une trouée parmi les arbres et alla s'agenouiller devant la tombe de Thérèse.

Ses doigts effleurèrent la surface rugueuse de la pierre. Qu'est-ce qui avait bien pu pousser Thérèse au suicide ?

Un bruissement dans les cyprès mit fin à ses pensées.

Était-ce un animal ? Ou le vent ?

Elle en eut la chair de poule.

Elle s'apprêtait à se lever lorsqu'elle découvrit les lis gisant près de la dalle.

Un bouquet fraîchement coupé !

Elle s'en saisit prudemment. Quatre lis blancs étaient retenus par un cordon rouge sang. Ils ne se trouvaient pas là depuis bien longtemps, car la rosée ne s'était pas encore déposée sur eux...

Elle se débarrassa du bouquet en le jetant presque.

Que se passait-il ?

Qui venait fleurir chaque jour la tombe ?

Cette personne était-elle toujours dans les parages ?

Le bêlement strident d'un mouton la fit sursauter. Elle jeta un regard circulaire sur les arbres qui se balançaient dans le vent, soudain menaçants. Sara se sentit seule, extrêmement seule. Combien de temps lui fallait-il pour rejoindre la maison ? Son père l'entendrait-il si jamais elle l'appelait ?

Elle eut soudain la sensation d'être surveillée. Elle se retourna.

Elle fit un pas en arrière, terrorisée, et piétina les lis par mégarde.

Elle distinguait quelqu'un, dans une trouée entre les arbres. Une silhouette mince et grande.

— Qui es-tu ? demanda-t-elle en tentant de réfréner son angoisse.

— Je pourrais te demander la même chose.

La voix était calme, agréable. Le garçon qu'elle avait devant elle ne semblait pas surpris de la voir.

Sara se demanda s'il l'observait depuis longtemps.

— Je… j'habite ici, balbutia-t-elle.

Il hocha la tête, sans pour autant ajouter quoi que ce soit. Sara ne savait pas quoi faire. Devait-elle essayer de fuir ? Et s'il réussissait à l'attraper et à la… Elle n'alla pas au bout de sa pensée. Il lui fallait prendre une décision.

— Qu'est-ce que tu fais là ? C'est une propriété privée !

Elle se crispa un peu en entendant combien la peur transparaissait dans sa voix.

— Je me promène. Tel que tu me vois maintenant, je me suis arrêté. Mais sinon, je me promène.

Sara ignorait si le calme du garçon était bon signe.

— Je vais devoir y aller, dit-elle, consciente malgré tout qu'elle devait fournir une explication plus plausible. Mon père m'attend pour dîner.

Le jeune homme fit un pas de côté pour la laisser passer.

Elle avança. Ses doigts, ses orteils étaient glacés. Et pourtant, la sueur perlait le long de son dos. Il était si proche d'elle désormais qu'il lui suffisait de tendre la main pour s'emparer d'elle. Elle n'osait pas le regarder et dut se faire violence pour ne pas s'enfuir à toutes jambes.

Son cœur battait dans sa poitrine au point d'exploser.

Or, sans s'en rendre compte, elle le dépassa. Et il ne lui avait rien fait. Elle ferma les yeux un instant, soulagée.

Tout à coup, elle sentit les doigts du garçon posés sur son bras. Ils étaient froids. Elle s'apprêta à crier, mais il relâcha soudain son étreinte.

— Je veux juste savoir comment tu t'appelles, dit-il.

Sara se retourna lentement.

Il était un peu plus grand qu'elle et portait une chemise bleue qui pendait sur son jean usé. Il avait les cheveux foncés, coupés court, et des traits légèrement féminins, avec ces yeux marron bordés de longs cils. Il aurait été beau, oui, si ce n'avait été cette longue cicatrice qui partait de l'arcade sourcilière gauche et descendait le long de la joue.

Sara eut l'impression fugitive de le reconnaître, mais cette sensation de déjà-vu disparut, aussitôt remplacée par l'intime conviction qu'elle n'avait rien à craindre de lui.

— Je m'appelle Sara.

— Sara ? répéta-t-il, comme surpris.

Elle approuva d'un hochement de tête.

— Sara… dit-il de nouveau.

Il sourit. Mais la cicatrice déforma son sourire, conférant à son visage une expression de méchanceté déplaisante, qui fit reculer Sara.

— Je vais être obligée de rentrer, murmura-t-elle en s'éloignant, lentement d'abord.

Puis elle se mit à courir vers la maison.

— Je m'appelle Andreas ! lui cria-t-il.

Sara jeta un coup d'œil par-dessus son épaule. Il avait déjà disparu… Elle s'arrêta pour examiner les cyprès. Où diable était-il passé ?

Elle courut tout le reste du chemin. Une fois devant la porte de la terrasse, et tandis qu'elle retirait les brins d'herbe de ses pieds refroidis, elle se demanda si le garçon se promenait souvent dans leur jardin. Pourquoi n'avait-elle pas peur de lui ?

Elle jeta un ultime regard en direction du jardin, ferma la porte derrière elle et alla retrouver son père dans la cuisine.

CHAPITRE VII

Il était deux heures passées quand Sara alla se coucher. Son père et elle avaient joué aux cartes, puis ils avaient discuté. Elle ne se rappelait pas s'être autant amusée avec lui depuis longtemps.

Elle lui avait parlé du garçon – Andreas – rencontré dans le jardin.

Son père s'était aussitôt inquiété, mais Sara l'avait rassuré, lui avait garanti que c'était quelqu'un de confiance. Il en avait pris son parti, même si l'idée que des étrangers puissent aller et venir à leur guise dans son jardin ne lui plaisait guère.

Couchée sur son lit, les yeux fixés au plafond, Sara songeait à la soirée qu'elle venait de passer. Si seulement ils pouvaient continuer d'être aussi bien que tout à l'heure. Si seulement son père pouvait continuer d'être heureux. Ce devait être ce lieu, cette nouvelle maison, qui avait un effet positif sur lui. Si seulement Vivian pouvait ne pas tout détruire en venant vivre chez eux…

Elle essuya la sueur de son front. Bien qu'allongée sur sa couette, elle transpirait tant la chaleur était intenable. Dans un accès d'angoisse puérile, elle avait fermé les portes du balcon, de peur que l'ombre de la nuit passée ne revienne.

— Tu es folle, ma pauvre fille ! marmonna-t-elle en sautant du lit.

Elle écartait les rideaux quand apparurent un visage livide et deux grands yeux bleus plantés dans les siens.

Elle poussa un hurlement et lâcha l'étoffe qui retomba sur l'horrible apparition.

La porte de sa chambre s'ouvrit sur son père.

— Qu'est-ce qu'il y a ? s'écria-t-il, anxieux.

— Là... dehors... j'ai vu quelqu'un.

— Quoi ?!

Son père tira les rideaux, ouvrit les portes-fenêtres et sortit sur le balcon. Il inspecta les lieux avant de déclarer, catégorique :

— Il n'y a personne, Sara !

— Si ! Je l'ai vu ! Lui ! Je suis sûre de l'avoir vu !

— Tu ne crois pas que tu as rêvé, plutôt ? Je t'assure qu'il n'y a personne. Et il faudrait être Superman pour pouvoir grimper jusqu'ici sans l'aide d'une échelle. Va donc te recoucher. Je vais rester à côté de toi jusqu'à ce que tu t'endormes, proposa-t-il en s'asseyant sur le balcon.

Il alluma une cigarette et s'adossa contre le mur afin d'avoir une vue plongeante sur le jardin.

Sara se glissa sous la couette qu'elle tira jusqu'à son menton. Elle ne quitta pas son père du regard, observant le bout incandescent de sa cigarette. Elle était persuadée d'avoir vu quelqu'un sur le balcon. Mais qui ? Et pourquoi était-elle tout aussi persuadée que cet homme représentait un danger mortel ?

Sara venait juste de se lever lorsqu'elle entendit une voiture se garer devant l'entrée de la maison.

Vivian !

Elle prit un bain rapide et descendit au rez-de-chaussée.

Son père et Vivian buvaient un café dans la cuisine.

— Bonjour, fainéante ! Tu as vu qu'il est presque neuf heures ! dit-il d'un ton enjoué. Bon, et si on allait les chercher, ces cartons ! Tu nous donnes un coup de main, Sara ?

— Il faut d'abord que je mange.

Elle s'assit à la table avec son bol de corn flakes et se mit à feuilleter un journal de manière ostensible tandis qu'elle mâchait lentement la première cuillerée de céréales.

— Quand tu auras terminé, tu pourras venir nous aider, s'il te plaît ? demanda son père avant de suivre Vivian, déjà dehors.

— Papa !

Il passa la tête dans l'embrasure de la porte, et la regarda d'un air interrogateur.

— J'espère au moins que tu vas te faire payer pour ton travail, minauda-t-elle, sans lever la tête du journal.

— Sara, là je crois vraiment que tu…

— Oh, tu sais, moi je dis ça… Je croyais juste qu'on avait des problèmes d'argent, c'est tout…

Il partit sans répondre.

Sara les entendit ensuite entrer dans le hall, ils riaient. Ce n'était peut-être pas très malin de sa part de les laisser seuls.

Elle se dépêcha de vider son bol et sortit les rejoindre devant le fourgon noir de Vivian, rempli de cartons de déménagement. Elle en tira un, portant l'inscription *armoire 1*, qui, à en juger par le poids, devait être plein de livres.

Quel genre de livres une « chasseuse de nuisibles » pouvait-elle bien lire ?

Elle souleva délicatement le Scotch qui maintenait fermé le haut du carton. Elle aperçut l'éclat d'un objet en métal. Au même moment, elle entendit la voix de Vivian depuis l'escalier. Elle replaça en toute hâte le Scotch et souleva le carton.

— Non, Sara. Je vais le prendre, celui-là. Il pèse une tonne !

Il ne fallut pas une seconde à Vivian pour la rejoindre et lui enlever le carton des mains.

Sara la regarda monter les marches de l'escalier. Vivian ne semblait pas rencontrer de difficultés particulières à le porter. La jeune fille haussa les épaules et prit un autre carton qui, au vu de l'étiquette, contenait des photos.

Le fourgon fut rapidement vidé de toutes les affaires de la nouvelle locataire, qui entreprit aussitôt de les ranger.

Sara retourna à la peinture, ouvrit la porte de la terrasse et tira le châssis dans la lumière.

Tout en travaillant, elle se prit à repenser à l'homme aperçu la nuit dernière sur le balcon. Et plus elle y songeait, plus la scène lui paraissait invraisemblable. Nul n'était capable de grimper si haut et de disparaître aussi vite. Cette vision devait être la conséquence du chamboulement provoqué par le déménagement, ainsi que le produit de son cauchemar.

Et puis… il y avait aussi ce garçon… Andreas.

Elle recula et observa la peinture.

Elle distinguait parfaitement une paire de souliers blancs dépasser du bas d'une belle robe, blanche elle aussi. La femme – puisque ce devait être une femme – était assise sur une chaise en bois sculpté, et l'on discernait la forme de ses chevilles sous le tissu.

Sara sentait la joie lui chatouiller le ventre. Cette peinture était une pure splendeur ! Elle était d'ores et déjà persuadée de ne pas être déçue lorsque l'ensemble de la toile lui serait révélé.

Elle se mit à étudier certains détails. Les ombres sous la chaise étaient peintes à la perfection. La robe avait l'apparence et la douceur de la soie, et s'évasait sur les jambes de la femme en formant des plis souples, splendides. Sara s'imaginait la douce fraîcheur de l'étoffe contre la peau. D'ailleurs, les ombres reflétées sur le bas du tissu ressemblaient presque à un… visage.

Elle fit un pas en arrière pour avoir une meilleure vue d'ensemble.

C'était bien un visage.

Mais… ?

Non… Ce n'était pas possible !

Et pourtant elle en était sûre et certaine.

Ce n'était pas n'importe quel visage. Mais celui… d'*Andreas* !

Elle ne l'avait vu que très brièvement, dans l'obscurité de surcroît, mais le garçon peint sur la toile n'était autre que lui.

Elle en eut la chair de poule.

Que faisait son visage sur une peinture du XIXe siècle ? Était-ce lui qu'elle avait vu sur le balcon ?

Non... Andreas avait les yeux marron, et non bleus. Mais...

Elle entendit un bruit derrière elle. Elle se retourna.

Deux yeux bleus, froids, la dévisageaient.

— Je n'avais pas l'intention de te faire peur, dit Vivian en s'approchant.

Elle regarda la peinture :

— Tu es drôlement douée, dis donc ! Ton père était loin d'exagérer quand il vantait tes qualités.

Elle se tenait maintenant très près du tableau, le nez à quelques centimètres seulement de la toile.

Sara ne savait pas vraiment si elle se moquait, aussi choisit-elle de ne rien dire.

— J'espère de tout mon cœur que nous allons devenir amies, Sara.

Quelque chose dans sa voix – une prière ? – la fit se retourner.

— Je sais bien que ce n'est pas drôle d'avoir une étrangère chez soi. Mais si nous y mettons du nôtre toutes les deux, nous ne serons plus des étrangères l'une pour l'autre, n'est-ce pas ?

Sara l'observa, intriguée. Vivian était certainement très gentille. Mais... il y avait quelque chose d'indéfinissable chez elle qu'elle n'aimait pas du tout.

— Le déjeuner est prêt ! cria son père depuis la terrasse.

— Merveilleux ! J'ai si faim que je serais capable de manger un bœuf entier ! lui dit Vivian.

— C'est un vrai coup de pot alors ! Je viens juste d'en sortir un du four !

Cette connivence immédiate entre eux deux, et leur tutoiement aussi, exaspéraient Sara. Elle les suivit sur la terrasse où le couvert avait été mis pour trois personnes, à l'ombre d'un parasol.

Son père désigna d'un geste la salade de tomates et d'œufs qu'il avait servie dans chaque assiette.

— Nous allons trinquer à la santé d'un vieux paysan qui est passé nous voir. Il semble être notre plus proche voisin. Un drôle de bonhomme, d'ailleurs... Il est venu pour nous faire goûter son eau-de-vie maison et nous souhaiter la bienvenue dans la région. Il m'a raconté une histoire un peu farfelue. Il prétend avoir retrouvé mortes certaines de ses bêtes laissées en pacage dans ses prés. Sauf qu'elles ne sont pas mortes de mort naturelle. Non, non. Quelque chose, ou plutôt *quelqu'un* les a vidées de leur sang. Et personne ne peut l'expliquer. Le paysan affirme que c'est un phénomène surnaturel !

Sara éclata de rire. Ah... les paysans et leurs superstitions !

— Vraiment ? Et pas de traces d'aucune sorte ?

Vivian fixait intensément le père de Sara.

— Non. En tout cas il ne m'en a pas parlé.

— Il devait bien y avoir une blessure !

— Tu ne vas quand même pas croire cette histoire de dingue ! lui dit-il, étonné.

— Non ! Bien sûr que non. Mais j'ai entendu parler d'une espèce de chauve-souris bien précise. Vous connaissez sûrement ce petit animal d'Amérique du Sud, qu'on appelle vampire... D'après ce qu'on affirme, certaines de ces chauves-souris se seraient échappées d'un zoo de la région. Elles sont vraiment dangereuses. Elles peuvent être porteuses de la rage, et d'autres maladies pires encore.

— Vraiment ?

Le père de Sara était soudain soucieux.

Vivian acquiesça et saisit entre ses doigts un morceau de tomate. Le jus coulait sur sa peau.

Sara la regarda. Elle eut le sentiment que Vivian n'avait pas dit la vérité. Mais pourquoi mentirait-elle ?

Au cours du dîner, Vivian et le père de Sara discutèrent à bâtons rompus. Il ne cessait de rire, de raconter des histoires drôles.

Sara en aurait pleuré de dépit. Il semblait l'avoir complètement oubliée. Il était absorbé par tout ce que disait Vivian à propos de son travail. Les rats, les cafards, tous ces rongeurs et ces insectes rampants qu'elle avait tués.

Au bout d'un moment, la jeune fille se leva et alla se promener dans le jardin. Son père ne remarquerait même pas qu'elle s'était absentée.

Elle s'assit sur le banc du pavillon, d'où elle ne voyait pas la terrasse, et d'où elle entendait encore moins les voix des deux adultes.

Le chant des oiseaux finit par s'éteindre. Le soleil se couchait. De longs tentacules rouges striaient le ciel, donnant l'impression d'attirer la nuit.

Sara resserra le col de sa chemise et se leva pour regagner la maison, lorsqu'elle entendit des pas derrière elle.

CHAPITRE VIII

Sara se retourna brusquement et reconnut la fine silhouette d'Andreas. Il se tenait de l'autre côté du pavillon, là où l'obscurité était la plus dense.

Elle n'avait pas peur de lui, même si sa façon d'apparaître, de manière si soudaine, l'inquiétait. Pourquoi ne bougeait-il pas ? Pourquoi ne disait-il rien ?

— Qu'est-ce que tu fais là ? demanda-t-elle pour rompre le silence.

— La même chose que toi, répondit-il en s'approchant, comme si le simple fait qu'elle consente à lui parler impliquait qu'elle acceptait sa présence.

— Et qu'est-ce que je fais ici, alors ?

— C'est à toi de me le dire.

Sa manière d'éluder toute question commençait à l'énerver.

— Je t'ai demandé quelque chose ! Qu'est-ce que tu fais ici ?

— Je cherche une compagnie. La compagnie de quelqu'un. Quelqu'un à qui parler.

Il était maintenant très près d'elle. Elle sentait l'odeur du chewing-gum à la chlorophylle qu'il était en train de mâcher.

Ses yeux étaient identiques au souvenir qu'elle en gardait. Foncés. Très foncés. Comme s'ils n'étaient que deux immenses pupilles. Elle les fixa avec une telle intensité qu'elle eut soudain la sensation que la pesanteur était incapable de retenir son corps. Elle flottait. Elle flottait et dérivait. Loin, très loin – au plus profond de l'obscurité.

Andreas baissa les yeux.

Sara se sentit tournoyer, s'affaisser vers le sol. Elle fut obligée de se retenir à Andreas pour ne pas tomber.

— Excuse-moi, murmura-t-elle, et, l'espace d'un instant, sa voix était grave comme jamais. Ce doit être la chaleur…

Elle n'avait sans doute pas bu assez d'eau durant toute cette journée. Elle s'assit sur le banc et plongea sa tête entre ses mains. Si seulement le banc pouvait cesser de tourner comme une spirale infernale…

— Je ferais mieux de m'en aller, dit-il en lui tournant le dos.

— Déjà ?

Elle leva la tête vers lui pour le regarder. Elle aurait bien aimé le connaître davantage. Ce n'était pas les amis qui foisonnaient autour d'elle. Et elle avait tant de choses à lui demander. Qui déposait les lis sur la tombe de Thérèse ? Pourquoi retrouvait-on son visage peint dans les ombres du tableau ? Il ne pourrait certainement pas lui fournir de réponse, mais, au moins, discuter avec lui l'éclairerait un peu – elle en était persuadée.

— Reste encore un peu !

Après un instant d'hésitation, il s'assit sur le banc à côté d'elle, le regard perdu dans le jardin.

— J'aime tant cet endroit…

— Oui. Quand on arrive comme moi d'un lotissement avec un jardin minuscule où il y a juste de la place pour faire pousser trois carottes, on a l'impression d'atterrir au beau milieu d'un monde enchanté.

Sara avait de la peine à s'imaginer que son père et elle n'avaient emménagé que quelques jours plus tôt. Elle avait au contraire la sensation d'avoir vécu ici toute sa vie.

— Qu'est-ce que tu fais sinon, quand tu ne te promènes pas dans les parages ?

— Je dors !

— Toute la journée ? s'exclama-t-elle, interloquée.

— Non. Je travaille à la bibliothèque, en ville.

— Ça te plaît, comme boulot ?

— En fait, non. J'avance toute la journée comme un zombie entre ces immenses rayonnages sans jamais voir la lumière du soleil. Et la seule chose qui me pousse à continuer, c'est de penser à cet endroit, ici. Et puis… depuis hier, c'est quand même drôlement plus intéressant.

Il sourit. Elle remarqua aussitôt la beauté de ses dents. Blanches, parfaitement régulières.

— Je viens de terminer *Dracula*.

Andreas resta silencieux un instant, avant de lui demander si le livre lui plaisait. Elle secoua la tête :

— Je trouve ça un peu barbant.

— Ah ! Toi aussi. Et tous ces détails sur les vampires sont exagérés à un point ! Pourquoi les vampires sont-ils toujours décrits comme des monstres hypocrites et manipulateurs ?

— On dirait que tu y crois ! Aux vampires, je veux dire.

— Bien sûr que j'y crois.

Il avait l'air surpris, comme s'il s'agissait d'une remarque stupide.

— C'est vrai ? Tu y crois vraiment ?

— Oui. Chaque mythe contient une part de vérité, dit-il sur un ton plus conciliant.

Tout d'un coup, il sembla à Sara qu'il était bien plus âgé que les dix-neuf ou vingt ans qu'elle lui avait donnés d'abord.

— Tu dois avoir raison. Il y a pas mal de suceurs de sang. À commencer par notre locataire, dit-elle.

Et elle se mit aussitôt à évoquer tout ce que lui inspirait la présence de Vivian ; elle n'était plus qu'un flot de paroles. Bientôt, sans même s'en être rendu compte, elle avait tout raconté à Andreas.

— Ma mère est morte quand j'étais petite. Pendant tout un temps, mon père n'a pas pu s'occuper de moi. Il n'arrivait pas à se remettre de la mort de ma mère, et donc j'ai vécu chez mes grands-parents. Mais tu sais… il y a un truc bizarre…

— Quoi ?

— J'ai vu tellement de photos d'elle, de ma mère, que j'ai la sensation que son image s'est comme imprimée en moi. Sauf que, quand je ferme les yeux, c'est à peine si j'arrive à distinguer ne serait-ce que la forme de son visage. Tu ne trouves pas ça étrange ?

Andreas secoua la tête sans rien dire. Il l'écoutait, sans verser à aucun moment dans une espèce de fausse compassion. Cette pitié à laquelle elle était habituée avec les autres.

— Parfois, j'ai si mauvaise conscience de ne pas mieux me souvenir d'elle ! Même si je sais que c'est n'importe quoi… Si ça se trouve, elle commence peut-être une nouvelle vie…

— Tu crois en la réincarnation ? l'interrompit Andreas.

— Oui ! Pas toi ?

Il hocha énergiquement la tête en signe d'approbation. Il s'apprêtait à ajouter quelque chose, mais il se retint, et préféra s'absorber dans la contemplation du jardin, où le vent faisait bruire les feuilles dans les arbres.

Sara le regarda.

La cicatrice sur sa joue lui étirait un peu l'œil, donnant à son visage une expression tragi-comique, comme celle d'un clown en pleurs.

Elle tendit une main prudente vers lui.

— Il ne faut pas que tu me touches, implora-t-il dans un murmure.

Elle laissa retomber sa main. Elle avait l'impression de le connaître depuis toujours. C'était comme s'il n'y avait pas, comme s'il ne devait pas y avoir de secrets entre eux deux.

— Comment est-ce que tu t'es fait cette cicatrice ? demanda-t-elle tout bas.

Andreas se leva d'un bond et lui lança un regard noir.

— Ça ne te regarde pas !

Sara le dévisagea, effarée.

— Excuse-moi… je ne voulais pas…

— Tais-toi ! siffla-t-il.

Sara se leva à son tour. Lentement. Tout à coup, elle était affolée à l'idée qu'il puisse lui faire du mal. Que faisait-elle ici, en pleine nuit, avec un parfait inconnu ? Avait-elle perdu la raison ?

Sans le quitter des yeux, elle commença à se diriger vers les marches.

Sa tête était penchée et il la regardait d'un œil torve, pareil à un chien enragé. Son visage était transformé, méconnaissable, comme défiguré, dissimulé derrière un masque de hargne.

Puis il ferma les yeux.

— Ça s'est passé dans un incendie, Sara, chuchota-t-il avant de s'effondrer sur le banc.

Ses doigts couraient le long de sa cicatrice.

— J'ai perdu mon meilleur ami. Et je ne comprends toujours pas pourquoi !

Sara s'était arrêtée, quand bien même son instinct lui disait qu'elle devait prendre ses jambes à son cou et filer dès maintenant.

— C'est un souvenir que j'ai du mal à évoquer, ajouta-t-il en lui adressant un regard d'excuse. Tu me pardonnes ?

Elle acquiesça, sans savoir si c'était par peur, ou bien si elle était sincère.

— Si tu ne souhaites plus me revoir, je le comprendrai. Je me suis comporté comme un imbécile. Mais…

— Ne t'inquiète pas.

Elle haussa les épaules. Elle avait retrouvé son calme. De toute façon, il ne lui avait rien fait. Et Sara avait lu quelque part que les personnes victimes d'un traumatisme émotionnel pouvaient parfois réagir d'une manière très violente. Elle sourit à l'idée qu'elle était peut-être celle qui pourrait l'aider à guérir, à oublier.

— Tu es pardonné ! dit-elle, d'un ton résolu.

Andreas poussa un soupir de soulagement.

— Je ne pourrais pas supporter de te perdre.

Elle plissa le front, surprise. Comment pouvait-il dire une chose pareille alors qu'ils venaient à peine de se rencontrer.

— Sara ?

Elle reconnut la voix de son père. Elle regarda par-dessus son épaule et aperçut sa silhouette, en haut de la petite colline.

— Je dois rentrer.

— OK. À demain ?

Elle fit un signe de tête et se mit en marche.

— Sara, appela Andreas. Bonne nuit !

CHAPITRE IX

Le père de Sara attendait en haut de la côte. Avant même qu'elle soit arrivée près de lui, il cria :

— Ça fait des heures que tu es partie ! Mais où est-ce que tu étais passée ?

— Nulle part, répondit-elle sans le regarder.

Elle ne savait pas si elle devait ou non lui raconter qu'elle venait de revoir Andreas. Que dirait-il ? Qu'elle était inconsciente ? Qu'elle ne devait plus le revoir ?

Il posa une main sur son épaule.

— Mon Dieu, tu es glacée, ma chérie. Tu vas dehors pour tomber malade, c'est ça ?

Elle secoua la tête. Étrange, en fait, qu'il s'inquiète pour elle de cette façon.

— Qu'est-ce que tu as fabriqué pendant tout ce temps ? Ne me dis pas que tu t'es contentée de regarder le coucher du soleil ?

Ils regagnaient la maison.

— Non, je…

— Tu veux un thé, Sara? demanda Vivian depuis la terrasse.

— Oui ! Elle adore ça, répondit son père avant de serrer sa fille dans ses bras. C'est exactement ce dont tu as besoin pour te réchauffer un peu. Alors, dis-moi, qu'est-ce que tu faisais dans le jardin ?

— Rien de spécial. Je me suis endormie.

— Je comprends que tu sois gelée à ce point !

Elle l'observa, étonnée. Comment pouvait-il croire si facilement une explication aussi ridicule? Son esprit était-il à ce point accaparé pour ne pas détecter le mensonge ?

Une silhouette ténébreuse fonçait vers le champ éclairé par la lune. Ses yeux fixaient les formes rouges, palpitantes, juste devant elle. Elle était avide de nourriture. Ne pouvait plus attendre. Elle choisit sa proie, et fondit sur elle.

Le cheval épouvanté fut agité par un unique soubresaut quand les dents acérées pénétrèrent dans sa chair.

L'air matinal était frais, pur, empli d'une douce odeur d'herbe et de feuilles. Sara prit une forte inspiration et courut de la terrasse jusqu'à la pelouse, où l'attendait son père.

— Ça fait une éternité que je n'ai pas dormi aussi bien, dit-il en ouvrant les bras comme s'il voulait étreindre le jardin. Ce doit être l'air de la campagne.

Ils descendirent la colline tandis qu'il lui racontait, enthousiaste, les progrès effectués dans l'écriture de son livre.

L'écouter la mettait de bonne humeur. Il paraissait tellement débarrassé de tous ses soucis. La maison, le paysage l'avaient apparemment guéri. Tout aurait pu être merveilleux s'il n'y avait eu…

— Ça ne vous ennuie pas que je me joigne à vous ?

… Vivian !

— Si ! répondit Sara d'un ton aussi sec que brutal.

— Je te prierais d'avoir un autre comportement, s'il te plaît, l'admonesta son père. Bien dormi ? demanda-t-il à Vivian.

— Bien n'est pas le mot. Merveilleux et inégalé seraient plus près de la réalité. Ce lit est d'un confortable… S'il n'y avait que moi, je passerais mes journées dedans.

Sara aurait aimé qu'elle y reste effectivement.

— On fait une petite course jusqu'aux arbres ?

Vivian accéléra et le père de Sara la suivit.

La jeune fille demeura en arrière. Elle n'avait pas la moindre envie de partager leurs lubies puériles.

Elle prit un bain rapide et descendit déjeuner à la cuisine.

Son père et Vivian rentrèrent essoufflés, pour aussitôt disparaître à l'étage, tout en se chamaillant pour savoir qui utiliserait la salle de bains en premier.

— Papa ! Papa ?

Elle eut un sourire de soulagement quand elle l'entendit enfin descendre l'escalier.

Depuis la porte de la cuisine, il lui lança un regard interrogateur.

— On pourrait peut-être aller faire les courses pour le dîner ?

— Si tu as besoin de quelque chose, tu n'as qu'à prendre la voiture, bougonna-t-il.

— Papa... tu sais parfaitement que je n'ai pas l'âge pour conduire.

— Le fait est que tu sais conduire, Sara.

— Mais je n'ai pas le droit, papa ! Je n'ai pas dix-huit ans et je n'ai pas mon permis. Tu crois qu'ici, à la campagne, la police ignore la loi ?

Elle ne voulait pas qu'il rejoigne Vivian aussi vite.

— Bon, ça suffit, Sara !

— Si je comprends bien, tu m'incites à enfreindre la loi ?

Il afficha soudain une mine épuisée et Sara eut mauvaise conscience.

— Excuse-moi, papa. C'est stupide de ma part de te faire une scène à cause de ça, dit-elle avec un sourire contrit.

Il hocha la tête et s'en alla.

Elle finit son verre de jus d'orange. Son père lui avait appris à conduire sur les petits chemins autour des lotissements où ils habitaient avant. Normalement, elle aurait jubilé à l'idée d'avoir la permission de conduire, ne fût-ce que pour un petit tour, mais elle ne supportait pas l'idée que Vivian et son père restent seuls à la maison.

Elle se leva et alla inspecter le frigidaire pour vérifier s'il manquait quoi que ce soit. Du lait, des carottes… Et, tandis que Sara notait la liste des achats à faire, elle se demandait si Andreas viendrait la retrouver ce soir.

— Alors ? À quoi penses-tu pour être dans la lune comme ça ? résonna la voix de Vivian.

Sara se retourna et haussa les épaules.

Vivian portait un kimono vert-de-gris qui lui tombait à mi-cuisse. L'espace d'un instant, elle parut presque féminine, malgré sa coupe en brosse et sa carrure d'athlète.

— C'est dur de changer d'école, commença Vivian en s'asseyant sur la table de la cuisine. (Elle ramena les pans de son kimono sur ses cuisses avant de poursuivre :) J'ai moi-même changé d'école plusieurs fois. Ce n'est jamais très simple. Mais tu es une fille agréable, tu vas te faire très vite de nouveaux amis.

Sans répondre, Sara donna un coup de pied dans la porte du frigidaire pour la refermer. Le bavardage de Vivian respirait l'hypocrisie. Qu'est-ce qu'elle cherchait ?

— Pourquoi est-ce que tu ne m'aimes pas, Sara ?

Elle fut déconcertée. Que répondre à une question aussi directe ? Spontanément, elle eut envie de nier en bloc, mais Vivian devinerait qu'elle mentait. Avant qu'elle ait eu le temps de choisir sa repartie, son père entra et jeta le journal sur la table.

— Il y a un fait divers de dingue absolument génial dans le canard local, dit-il avant de regarder Vivian puis Sara. Je vous dérange ?

Elles firent non de la tête.

— OK. Vous êtes bien assises ? Bon, voilà : ce sont des vampires ! Il suffit que deux ou trois bêtes meurent pour que les paysans du coin en attribuent la faute aux vampires. J'ai l'impression d'avoir été téléporté en Transylvanie. La superstition leur suinte par tous les pores de la peau. Ils vont bientôt commencer à fabuler à propos des loups-garous et des sorcières.

— Sans parler des fantômes et des fées ! répliqua Sara en riant.

Vivian bondit de la table pour s'emparer du journal. Elle n'avait pas l'air de trouver ça drôle du tout.

— Ils disent que le vétérinaire a détecté deux petites blessures au niveau de la gorge des animaux, annonça-t-elle en parcourant l'article en première page.

— Ce n'est pas toi qui disais que tu ne croyais pas aux vampires ?

Sara ne comprenait pas qu'une femme de son âge puisse encore ajouter foi à des racontars pareils...

— Tous les mythes sont d'une certaine manière ancrés dans la réalité, répondit-elle en haussant les épaules.

Sara plissa le front. Qui lui avait tenu plus ou moins le même discours pas plus tard qu'hier ou avant-hier ?

Mais oui ! Andreas, bien sûr.

Bizarre... Pourquoi tout le monde s'intéressait subitement aux vampires ? Elle eut soudain la chair de poule. Est-ce que l'homme sur le balcon avait lui aussi des canines proéminentes ? Des dents de… vampire… Après tout…

— Bon. Ce n'est pas en ville que tu voulais aller ? lui demanda son père, la main dans le panier pour attraper les clés de la voiture. Tu veux nous accompagner, Vivian ?

— Viens, papa. Vivian a sûrement plein de travail.

— En fait, je suis en vacances. Mais à dire vrai, aller traîner en ville ne m'emballe pas trop. Je préfère rester ici.

« Dieu soit loué ! » songea Sara. Mais, à la réflexion, le fait que Vivian soit en vacances ne lui plaisait pas outre mesure. Car cela signifiait dès lors qu'elle allait passer son temps claquemurée à la maison.

Quelle plaie, cette femme !

De retour des courses, ils trouvèrent un mot posé sur la table de la cuisine.

J'ai été appelée à mon travail. Je ne sais pas quand je rentrerai.

Vivian

Sara regardait son père tandis qu'il lisait le message à haute voix. Il avait l'air déçu.

— Tu ne trouves pas ça un peu curieux, toi, qu'elle ait été appelée à son travail alors qu'elle a dit être en vacances ? demanda Sara.

Vivian était décidément une femme étrange et son père en avait la preuve entre les mains. Ça, au moins, il ne pouvait pas le nier !

— Les chasseurs de nuisibles n'ont peut-être jamais de vraies vacances, répondit-il en déballant les courses.

— Moi, je trouve ça très bizarre, en tout cas ! Et puis sa manière de se comporter… Cette femme complote quelque chose, papa. Tu ferais mieux de la mettre dehors !

Il leva brusquement la tête. À voir son regard, elle comprit qu'elle était allée trop loin.

— Ça suffit, Sara ! Et je suis fatigué de t'entendre déblatérer sur le compte de Vivian. Tu passes ton temps à la rejeter. Je te prie d'adopter une autre attitude. Compris ?

Il posa deux boîtes de conserve avec brutalité sur la table.

Sara ne l'avait jamais vu si agressif.

— Mais papa… !

Elle n'acheva pas sa phrase. Comment pouvait-il laisser une inconnue les séparer ? Pourquoi refusait-il de reconnaître qu'il y avait chez elle quelque chose de louche ?

Elle eut un haussement d'épaules résigné. Vivian n'avait pas le droit de gâcher une journée en tous points parfaite jusque-là.

— Je vais essayer, papa. Mais je ne te promets rien.

— Ce n'est pas si difficile, non ? demanda-t-il, en souriant cette fois.

Elle haussa de nouveau les épaules et sortit. Elle alla se réfugier près de la peinture. Le visage d'Andreas la regardait, enfoui dans les plis ombrés de la robe. Elle fit glisser un doigt sur la joue du garçon. La toile était rugueuse. Sara se demanda si toucher la cicatrice d'Andreas lui procurerait la même sensation.

Elle sortit ses ustensiles, ouvrit la porte donnant sur le jardin et se mit à travailler. Elle frottait très lentement, la tête ailleurs. Elle ne tarda pas à retirer ses gants et observa la toile.

Elle avait révélé la femme du tableau jusqu'aux épaules, nues, tout comme les bras. Elle avait dû avoir la peau douce, Sara le devinait. Les bras étaient un peu repliés et tenaient un bouquet de fleurs serré contre la poitrine, comme s'il s'était agi d'un enfant.

Elle frémit.

Des lis !

Des lis blancs comme ceux déposés chaque jour sur la tombe de Thérèse !

Pourquoi ? Pourquoi l'artiste n'avait-il pas plutôt choisi des roses ?

Était-ce Thérèse, représentée sur cette peinture ? Les lis étaient-ils ses fleurs préférées ? Mais alors, comment l'inconnu, celui qui déposait les fleurs sur sa tombe, le savait-il ?

Sara se concentra sur la surface noire au-dessus des épaules de la femme qui, ainsi, semblait décapitée.

Son cœur battait à se rompre. Elle sortit en toute hâte dans le jardin.

Quelque chose clochait ! Tout était soudain si singulier…

Elle jeta un regard apeuré autour d'elle, comme si la réponse allait lui apparaître. Ses yeux s'arrêtèrent sur l'étang.

Elle s'assit dans l'herbe et ferma les paupières. Le tableau lui revint à l'esprit, intact, et soudain, elle n'eut plus du tout envie de dévoiler le visage de cette femme. Car, si Thérèse y était peinte, désirait-elle vraiment savoir à quoi ressemblait la jeune morte ?

CHAPITRE X

La soirée était bien entamée : ils dînaient sur la terrasse, et Sara se réjouissait que Vivian ne soit pas encore rentrée. Elle pouvait avoir son père pour elle toute seule, même s'il restait silencieux. Quelque chose semblait le tracasser, le déprimer. Peut-être s'en voulait-il d'avoir réagi avec une telle brusquerie, dans l'après-midi.

— Tu ne parles pas beaucoup, fit-elle remarquer.

Ç'aurait été gentil de sa part de s'excuser. Elle lui aurait pardonné et l'affaire aurait été aussitôt oubliée.

— Non. Je me demande juste où Vivian a bien pu passer pour ne pas être déjà rentrée.

— J'hallucine, marmonna-t-elle.

— Quoi ?

— Rien.

Elle piqua une rondelle de tomate du bout de sa fourchette, mais ne la mangea pas. Elle avait perdu l'appétit.

Un brusque crissement de pneus les fit sursauter.

Ils coururent de l'autre côté de la maison, où le fourgon noir de Vivian arrivait en cahotant sur le terre-plein. Ils rejoignirent le véhicule.

Vivian était comme vissée au volant. Puis elle eut l'air de se rendre compte qu'elle s'était arrêtée. Elle les regarda et ouvrit la portière d'un geste sec.

— Je vais bien ! gémit-elle lorsqu'elle s'extirpa du siège.

Elle fit un pas dans leur direction, et vacilla.

Le père de Sara la rattrapa par le bras et, effrayé, l'aida à se maintenir debout.

— Mais qu'est-ce qui t'est arrivé ?

Sara observa Vivian. Elle avait d'abord cru que cette femme était ivre, mais elle voyait maintenant que son état était plus grave.

Vivian était livide. Elle transpirait. Ses vêtements étaient sales, chiffonnés.

Alors, Sara distingua une tache rouge dans le dos de la chemise de Vivian. On aurait dit… du sang !

— Papa !

— Qu'est-ce qui s'est passé, Vivian ?

Il la guida jusqu'aux marches de l'entrée, la portant plus qu'il ne la soutenait.

— J'ai été… agressée. Je… je ne les ai pas vus. Donc ce n'est pas la peine de… d'appeler la police. Ça… ça ne servirait à rien.

Sa voix était faible. Elle cherchait ses mots.

— Mais… commença le père de Sara avant de découvrir le sang dans son dos. Oh mon Dieu ! Il faut appeler un médecin. Sara, vite ! Essaie de trouver qui est de garde !

— Non ! (Vivian s'était soudain remise d'aplomb et ajouta :) Je vais bien !

Elle se libéra de son étreinte et gravit lentement l'escalier.

— C'est un coup de couteau, Vivian. Tu vas…

— Je sais… de quoi il s'agit, Frank ! Je… j'y étais ! Sois gentil. Je ne veux ni docteur, ni police.

Elle se retourna et lui adressa un regard implorant.

— Tu devrais peut-être…

Il courut à sa suite pour l'aider à entrer.

Sara les suivit des yeux. Elle ne savait que penser, ni quels sentiments éprouver devant cette agression. Certes, elle avait espéré que Vivian disparaisse de leur vie. Mais pas de cette façon !

Elle monta à l'étage. Son père se tenait immobile devant la porte de Vivian.

— Elle ne veut pas ouvrir, chuchota-t-il, une expression d'effroi dans ses yeux écarquillés.

— Elle veut sans doute qu'on la laisse se reposer…

— Mais ce sont des coups de couteau, Sara ! Elle doit se faire examiner ! On ne va tout de même pas rester là les bras croisés !

— Elle a dû s'endormir à l'heure qu'il est, dit-elle en posant une main sur son bras pour le réconforter.

— Tu ne crois pas qu'on devrait…

— Non ! Elle est ta locataire et elle a des droits. Notamment le droit à une vie privée. Nous ne devons pas nous en mêler. Allez, viens. Retournons en bas. On va ranger ce qui traîne et faire la vaisselle.

Il fit un signe de tête résigné et la suivit dans l'escalier.

— J'ai oublié un truc dans ma chambre. Je reviens dans une seconde !

Sara remonta les marches quatre à quatre. Elle entendit son père continuer jusque dans la cuisine. Devant la chambre de Vivian, elle s'arrêta et colla une oreille contre la porte.

Aucun son ne provenait de la pièce, mais soudain, elle entendit qu'on traînait un lourd objet sur le plancher. Elle se pencha et regarda par le trou de la serrure.

Vivian était à genoux, dos à la porte. Nue à l'exception d'un bandage qu'elle avait enroulé autour de sa poitrine, elle paraissait remuer fébrilement quelque chose qu'il était impossible à Sara de distinguer avec précision.

Qu'était-elle en train de fabriquer ?

Sara pressa son œil contre le trou de la serrure pour mieux voir.

Tout d'un coup, Vivian se retourna et scruta la porte. Des gouttes de sueur lui coulaient le long du visage et ses yeux n'étaient plus que deux fentes minuscules qui n'en finissaient pas de fixer la porte.

Sara recula, morte de peur, persuadée que Vivian l'avait vue. Elle se faufila jusqu'à l'escalier et se dépêcha de rejoindre la cuisine où elle trouva son père occupé à faire la vaisselle.

Il ne prononça pas un mot, et les rares fois où Sara essaya de rompre le silence, il se contenta de répondre par monosyllabes. À la vérité, il n'écoutait pas du tout ce que sa fille lui disait.

De son côté – même paralysée par la peur –, Sara avait décidé de ne pas lui parler de ce qu'elle avait découvert. Car à quoi avait-elle assisté, au fond ?

À rien ! Absolument rien !

Rien en tout cas d'identifiable. Tant qu'elle n'aurait pas de preuves irréfutables lui permettant d'affirmer que Vivian n'était pas une locataire comme les autres, elle préférait taire ses soupçons.

— Puisqu'on a fini, je crois que…

— Je ferais mieux d'aller vérifier s'il lui manque quelque chose, l'interrompit-il.

Sara le regarda partir et sentit les larmes lui monter aux yeux. Sa seule source de préoccupation était Vivian, et savoir comment *elle* allait. Sara pourrait disparaître sans laisser de traces, ou bien être morte, il ne le remarquerait même pas !

Elle envoya valser le torchon sur la table : la carafe bascula et se brisa sur le carrelage. Le bruit lui fit presque mal aux oreilles. Elle observa les éclats de verre, songeant un instant à les laisser tels quels. Mais elle se ravisa et se pencha pour les ramasser. Un morceau lui échappa et lui entailla la paume de la main. Le sang se mit à couler autour du poignet, pareil à un bracelet.

Elle regarda le mince filet rouge, hypnotisée. Qu'il serait facile de saisir un bout de verre et de s'ouvrir les veines ! Il lui suffisait de suivre la ligne dessinée par le sang qui continuait de s'écouler.

Elle secoua la tête et se leva pour ouvrir le robinet d'eau froide. Elle tint sa main sous l'eau jusqu'à ce que le froid soit trop insupportable.

Elle rassembla les morceaux de verre dans un journal qu'elle jeta à la poubelle.

Dehors, le ciel se colorait de teintes *pastille*, comme son grand-père avait l'habitude de dire, au lieu de *pastel*. Est-ce qu'Andreas l'attendait déjà ? À cette pensée, Sara sentit comme une boule se former dans son estomac.

Elle monta au premier et s'arrêta pour écouter. Les seuls bruits provenaient du clavier de l'ordinateur de son père, qui tapait de manière irrégulière. Il ne l'avait pas entendue.

Une fois dans sa chambre, elle se mit à fouiller dans son armoire. Elle en sortit une robe d'été blanche, sans manches, qu'elle considéra, indécise. Les robes n'avaient jamais vraiment eu sa préférence, mais elle se dit que… Andreas apprécierait certainement de voir une jeune fille ainsi habillée.

Elle passa la robe par-dessus sa tête, avec la crainte qu'elle lui soit devenue trop petite. Elle se regarda dans la glace : elle lui allait comme un gant, lui tombait à mi-cuisse et épousait son corps. Peut-être un peu trop ; Sara se trouvait idiote dedans. Un mélange entre Bambi et un roseau – ou plutôt, un roseau complètement desséché ! Elle retira, agacée, l'élastique qui retenait ses cheveux. Elle les brossa et les laissa retomber sur ses épaules.

Elle finit par tirer la langue à son reflet dans le miroir et sortit dans le couloir, inquiète à l'idée que son père l'aperçoive.

— C'est toi, Sara ? demanda-t-il depuis sa chambre.

— Oui ! Je vais juste faire un petit tour dans le jardin, répondit-elle sans s'arrêter.

— OK...

Le ciel avait perdu ses teintes moirées et le jardin reposait dans la pénombre. Sara courait dans l'herbe fraîche vers la tache blême du pavillon. Andreas était là... assis sur la balustrade. Adossé contre un pilier, il regardait ailleurs.

Elle marcha sur la portion de chemin qui la séparait de lui, afin de ne pas paraître trop essoufflée.

— Andreas... mon ami ! Tu martèles le sol comme un vrai troupeau d'éléphants ! dit l'homme, avant de sauter de la balustrade d'un bond élégant.

Sara reconnut cette voix : aussi douce que la soie, mais d'une froideur aristocratique, dans laquelle on percevait un léger accent français.

Mais ce n'était pas la voix d'Andreas.

L'homme se retourna.

Il se déplaçait comme un danseur, tout en finesse et en légèreté.

— Vous ! siffla-t-il en ne quittant pas Sara du regard.

Ses yeux étaient d'un bleu céruléen – les mêmes que ceux qu'elle avait aperçus sur le balcon.

Elle était incapable d'articuler un mot.

Qui était-il ? Pourquoi reconnaissait-elle sa voix ?

— Ma compagnie vous manquerait-elle ? demanda l'homme en s'approchant.

Il était vêtu d'un costume sombre sur une chemise dont les manches et le col étaient bordés de dentelle. Par-dessus, il portait un manteau du XIXe siècle, un macfarlane, dont la cape noire était ornée d'un col en fourrure rouge. Ses cheveux blonds étaient retenus par un catogan en flanelle. Il avait le visage d'un félin.

— Vous n'auriez jamais dû revenir !

— Je... j'ignore de... de quoi tu... de quoi *vous* parlez !

Sara était désemparée. Elle voulait fuir, mais en était incapable. Elle ressemblait à une souris hypnotisée par un serpent.

— Cette fois, vous ne m'échapperez pas ! Jamais vous ne pourrez m'échapper !

Il parlait à voix basse et pourtant, un grondement monta de sa gorge.

La mémoire revint alors à Sara. Cette voix, c'était celle du cauchemar ! Oui, c'était lui qui poursuivait la femme dans le cauchemar... Lui !

Épouvantée, elle fit quelques pas en arrière. Comment était-ce possible ? Pourtant, elle ne l'avait jamais vu ! Et si elle se trompait ? Y avait-il une expression dans son visage, un mouvement dans ses gestes, qui lui rappelait quelqu'un de connu ?

Non, bien sûr que non !

Cet homme était un psychopathe. Il fallait absolument qu'elle…

Il tendit une main vers elle.

Sara poussa un hurlement.

La main lui couvrait déjà la bouche et étouffa son cri.

— Cette fois, vous allez mourir !

Il tourna soudain la tête, comme s'il avait entendu un bruit inaudible pour elle.

— Je suis dans l'obligation de vous laisser. Mais je reviendrai.

Il ôta sa main et s'élança dans l'obscurité où il disparut soudainement. Sara le chercha du regard, mais il semblait ne jamais être venu, comme avalé par la nuit.

— Tu vas bien ? fit la voix d'Andreas derrière elle.

— Oui, mais… il y avait un homme là, pas plus tard que… maintenant !

Sara n'était pas certaine de paraître très crédible. Elle-même y croyait à peine.

— Oui, j'ai entendu sa voix.

Donc c'était vrai ! Sara se retourna vers lui.

— Tu sais qui c'est ?

— Juste un imbécile. Tu n'as pas à avoir peur, il ne reviendra pas. En fait, il est inoffensif.

— Il a l'air tellement sinistre…

En repensant à ses yeux, si glacials, Sara fut parcourue d'un frisson.

— Ne pense plus à lui.

— D'accord, si tu dis qu'il ne…

— Ne t'inquiète pas. Viens.

Il se dirigea vers le pavillon et s'assit sur le banc. Sara lui emboîta le pas, sans trop savoir si elle devait le croire ou non. Il semblait avoir déjà rencontré cet homme, il semblait savoir de quoi il était capable… Pourquoi Andreas connaissait-il un type aussi détestable ?

Il mit un terme aux pensées de Sara :

— Tu es splendide !

— Merci. Personnellement, je me sens un peu idiote, mais bon…

Elle baissa les yeux, heureuse qu'il ait prêté attention à sa tenue.

Andreas secoua la tête. Son regard glissa vers elle, et s'arrêta sur sa gorge.

— Tu ne portes pas de bijoux ?

— Non, j'ai toujours l'impression qu'ils me gênent. D'ailleurs, je n'en ai même pas.

Elle s'assit près de lui et se demanda un instant d'où pouvait venir la soudaine gêne d'Andreas : il battait du pied nerveusement, et ses doigts étaient crispés sur ses cuisses.

— Même pas une croix ?

Quelle question bizarre !

— Si. Je dois en avoir une mais… je ne la porte pas.

— Et pourquoi ?

— Euh… je ne crois pas en Dieu. Et toi ?

Il sourit – était-ce un sourire de soulagement ? ou bien un rictus narquois ?

— Disons que je n'y crois plus. Mais s'il y a un dieu sur cette terre, alors il nous a complètement oubliés.

Sara approuva. Il lui était impossible de croire en un dieu capable de créer des maladies et de rester les bras croisés tandis que mourait la mère d'une très jeune enfant.

— Je suis content que tu sois venue, murmura-t-il.

— Mais bien sûr que j'allais venir. En fait, tu es mon seul ami. J'ai une question à te poser. Est-ce que toute ta famille est originaire de la région ?

Il secoua la tête en signe de dénégation.

— Et pourquoi cette question ? demanda-t-il, surpris.

— Je suis en train de restaurer un tableau du XIXe siècle. Il représente une femme. Mais ton visage apparaît dans les plis de sa robe. Donc je pensais que le peintre était peut-être un de tes ancêtres, et que, au lieu de signer la peinture, il avait dessiné son visage…

Elle avait hâte de connaître sa réaction. Est-ce qu'il la prendrait pour une folle ? Ou bien accepterait-il son histoire ? Et le plus important de tout : allait-il lui apporter une réponse ?

— Non, ma famille n'est pas d'ici, et ça ne fait pas longtemps que je me suis installé dans la région. Donc… ce visage ne peut pas me ressembler.

— Mais je t'assure que si ! Je reconnaîtrais ton visage entre mille !

Sara souhaitait tant qu'il la croie !

— Je prends cela comme un compliment.

Il se rapprocha d'elle.

— Mais *c'est* toi ! marmonna-t-elle.

Déçue qu'il ne lui ait pas donné la réponse qu'elle escomptait, elle était malgré tout soulagée qu'il ne se soit pas moqué d'elle.

— Peut-être vois-tu mon visage car c'est ce que tu désires voir.

Elle haussa les épaules. Peut-être avait-il raison, après tout. N'empêche, elle s'attendait à une tout autre explication.

— Chaque fois que je ferme les yeux, je vois ton visage, dit-il à voix basse.

Elle n'osa pas le regarder. Avait-elle bien entendu ? Ouah… Non seulement il était beau, mais en plus, il était romantique.

— Je dois pourtant t'avouer quelque chose. Je suis…

Il ne continua pas sa phrase. Ses doigts tambourinaient fébrilement sur le banc tandis qu'il cherchait ses mots.

— Quoi ? demanda-t-elle, impatiente.

— Tu es si belle, déclara-t-il en la dévorant des yeux, avant de lui prendre la main.

Elle se laissa faire. Elle sentit une légère douleur là où l'éclat de verre s'était enfoncé dans sa chair.

Andreas la regarda. Non, il *fixa* des yeux la blessure, comme hypnotisé.

Puis il porta la main de Sara à ses lèvres et fit glisser sa langue le long de l'entaille.

Décontenancée, Sara observa la tête d'Andreas penchée sur sa main. Non que ce fût désagréable – loin de là – mais elle ne savait pas quelle attitude adopter. Aussi retira-t-elle sa main. Elle le regretta immédiatement.

— Je suis désolé.

Sa voix était-elle soudain plus grave ? Il s'écarta d'elle. Puis il se leva en lui tournant le dos et dit :

— Tu ferais mieux de t'en aller.

Que venait-il de se passer ? Pourquoi était-il distant tout à coup ? Avait-elle mal compris quelque chose ?

— Je…

Sara se leva à son tour et posa une main sur son épaule. Il sursauta à son contact.

— Va-t'en ! Sois gentille, va-t'en !

— Mais qu'est-ce qu'il y a ? (Elle marqua une pause.) D'accord. Alors, bonne nuit.

Elle ne comprenait plus rien. L'instant d'avant, elle avait l'impression qu'ils se connaissaient depuis toujours, et voilà qu'il semblait si lointain, étranger. Quel garçon bizarre ! Bizarre et dangereux. Mais dangereux d'une manière intrigante, attirante…

— À demain ? demanda-t-elle en descendant les deux marches du pavillon.

— Oui. Si tu en as le courage.

Quelle façon singulière de répondre…

— Mais bien sûr que j'en ai le courage. À moins que tu n'aies l'intention de me manger ?

Il ne répondit pas.

CHAPITRE XI

Andreas regarda Sara disparaître derrière la colline. Il avait toujours dans la bouche le goût métallique du sang séché de sa blessure. Il avait été sur le point de se trahir, de dévoiler son identité. Mais il ne pouvait pas. Il ne *devait* pas. Il serait incapable de supporter l'inévitable réaction qu'il lirait sur son visage. Car elle serait morte de peur, bien sûr. Elle tenterait de fuir, et là, il ne pourrait se dominer – comme un chat, qui écrase un oiseau, non parce qu'il désire le manger, mais parce que son instinct l'exige de lui.

Andreas en viendrait certainement à la tuer.

Il sentit, plus qu'il n'entendit, qu'il n'était pas seul. Et il n'eut pas besoin de se retourner pour deviner que Damian se tenait derrière lui.

— Tu n'as pas intérêt à t'approcher d'elle, souffla-t-il d'un ton menaçant.

— J'entends que je t'ai manqué, mon ami !

Damian avait une voix guillerette. Son large manteau bruissa lorsqu'il s'assit sur le banc.

Andreas se retourna à contrecœur et le regarda. Nonchalant, Damian lui tendait la main :

— Mon ami !

Andreas ne comprenait pas l'émotion qu'il ressentait à la seule vision de cet individu. Il ne lui avait pas manqué – loin de là. Pourquoi d'ailleurs aurait-ce été le cas, après tout ce que Damian lui avait infligé ?

— Mon ami, ne me dis pas que tu n'as toujours pas fait table rase du passé ?

Damian s'approcha de lui avec cette démarche gracieuse et mesurée qu'Andreas lui avait toujours enviée.

— Pourquoi parles-tu comme un acteur de films de série B ?

— Je n'ai pas oublié, moi, qui, ou plutôt, ce que je suis. Je ne fais pas semblant, moi, d'être un simple mortel. Pourquoi le ferais-je, d'ailleurs ? Je suis bien supérieur à eux. Alors que toi, mon cher Andreas, tu évolues parmi ces êtres humains, vêtu d'un accoutrement ridicule, et tu condescends à agir comme si tu étais un des leurs.

— Ne t'approche pas d'elle, Damian !

— Tu vas droit au but… Comme d'habitude, devrais-je ajouter. J'ai pourtant bien l'intention de m'approcher d'elle. J'ai même songé lui offrir ma remarquable compagnie. Car, mon cher ami, tu n'as tout de même pas oublié : de qui, toi ou moi, était-elle éprise ?

Andreas baissa les yeux. Non, il n'avait pas oublié. Mais il aurait tout donné pour oublier.

— Pauvre, pauvre petit être malheureux !

Damian singeait une intonation de compassion dont sa voix était pourtant dépourvue. Il mit une main sous le menton d'Andreas et leva son visage, afin de le regarder dans les yeux.

Andreas scruta ce regard d'un bleu impeccable et se détesta immédiatement d'être séduit par sa beauté.

— Mon pauvre ! Chaque année, fidèlement, tu te commets dans un pèlerinage pour honorer l'anniversaire de sa mort, et tu déposes chaque jour, durant plusieurs semaines, un bouquet de fleurs sur sa tombe. À quoi bon ?

— J'ai trouvé Sara !

— Ah tiens ?! Parce qu'elle s'appelle Sara, à présent ?

— Laisse-moi la garder, Damian !

Il lui adressa un regard implorant. Mais Damian esquissa un sourire.

— Non. Non, Andreas ! Elle est humaine. Elle finira par te blesser. Je veux le faire rapidement, et sans douleur. Juste une toute petite morsure. Ensuite nous pourrons nous la partager. Toi et moi !

Andreas le repoussa de toutes ses forces.

— Tu n'es qu'un porc ! Tu n'as plus aucun pouvoir sur moi ! Elle est à moi… Et si jamais, si jamais tu oses t'approcher d'elle, alors…

— Alors quoi ?

Damian retira une peluche de sa manche. Son visage affichait une expression de profond ennui.

— Alors je te tuerai ! Je le jure !

Damian releva la tête, étonné par la colère dans la voix d'Andreas.

— Mais mon très cher ami ! Tu ne veux tout de même pas briser notre amitié au nom d'une femme ? D'une humaine, de surcroît !

— Nous n'avons *aucun* lien d'amitié. Par ta faute, tu ne te rappelles pas ?

— Notre amitié est bien antérieure à ta petite idylle avec Thérèse, voyons !

— Oui. Et elle s'est terminée dès l'instant où tu l'as tuée !

— Comment ! Tu ne m'as toujours pas pardonné cette petite erreur ?

La voix de Damian était enjouée.

— Non. De la même façon que je ne te pardonne pas ça !

Andreas passa un doigt le long de sa cicatrice.

— Et pourquoi ? C'est très joli !

— Le remords t'est totalement étranger, n'est-ce pas ?

Damian haussa les épaules, désinvolte.

— Pardonne-moi, mon ami. Et reprenons là où nous nous étions arrêtés.

— Jamais !

— Tu ne te souviens pas des moments heureux que nous avons passés ensemble ?

Andreas hocha la tête en silence. Si, bien sûr. Il se souvenait de tout, hélas…

La salle de bal avait été un enfer bouillonnant de masques aux couleurs éclatantes et de personnes riantes, qui tournoyaient de l'une à l'autre.

Le bruit était assourdissant et Andreas avait préféré demeurer dans l'embrasure d'une porte. Il n'avait jamais participé à pareille réception ; il se sentait perdu. Comment devait-il se comporter ? Il avait réajusté son loup et s'était risqué à quitter son refuge.

Une femme vêtue d'une robe échancrée, à volants, l'avait bousculé.

Andreas avait été envoûté par la veine dénudée qui courait le long de son cou. Il sentait déjà la transformation s'opérer, mais il ne pouvait pas la prendre au beau milieu de tous ces gens. Même si, à dire vrai, personne ne l'aurait remarqué.

Il s'était éloigné d'elle.

Les tempes lui cognaient et la musique aigrelette, d'un clavecin, obsédante, lui agaçait les tympans.

Il avait alors entraperçu le mouvement d'une veste dorée ainsi qu'une paire d'yeux bleus, dissimulés derrière un loup, dont l'éclat était en harmonie avec le vêtement. Mais l'étranger avait aussitôt disparu dans la foule.

Des heures qui avaient suivi, Andreas n'avait gardé que le souvenir d'un chaos sensoriel. Il avait eu peur et sa pensée était restée tout habitée par la vision fugitive de cette veste dorée et de ces yeux malicieux. Il s'était mis en quête de cet homme, mais il ne le trouvait nulle part. Qui était-il donc ?

Lorsque la chaleur était devenue trop étouffante, Andreas avait cherché refuge sur la grande terrasse jouxtant la salle de bal. Il s'était penché à la balustrade et jouissait du silence relatif, la tête renversée vers le ciel clair et froid. Il avait alors entendu un gloussement, suivi d'un froufrou dans les buissons du jardin – un sourire avait éclairé son visage. Il avait fait le bon choix en venant s'installer par ici, à la ville. Elle regorgeait de proies offertes, de sang si doux, de sang si délicieux.

— C'est un buffet de délicates expériences, sonna une voix guillerette derrière lui.

Il s'était retourné : l'homme à la veste dorée se tenait devant lui.

Son visage était caché derrière un loup.

— Qui êtes-vous ?

Andreas avait été incapable de détacher son regard de ces yeux envoûtants. Jamais il n'avait vu d'yeux si bleus.

— N'est-il pas un peu trop tôt pour dévoiler son identité ? La coutume ne veut-elle point que l'on attende minuit ?

La voix était mutine, mais néanmoins agréable. Et pour la première fois de la soirée, Andreas s'était senti en sécurité.

— Nonobstant, et eu égard au fait que je brûle d'impatience de contempler votre visage, nous allons pour une fois déroger à la règle. Enlevez votre masque.

— Je me nomme Andreas, avait-il dit en retirant son loup.

Les yeux bleus s'étaient écarquillés de stupéfaction.

— Vous possédez un visage angélique, mon ami.

Il avait alors retiré son propre masque et l'avait lancé par-dessus la balustrade. Le vent l'avait aussitôt emporté plus loin dans le jardin.

— Désormais nous irons l'un pour l'autre à visage découvert. Je me prénomme Damian.

Andreas lui avait fait une courte révérence qui lui avait valu un éclat de rire.

— Ne vous inclinez plus jamais devant moi. Vous êtes trop beau pour ne pas avoir le visage levé.

Andreas était bouleversé. Il avait côtoyé de nombreux vampires par le passé, mais aucun qui fût si… si vivant. Les mots lui avaient manqué, il s'était senti gauche en présence de Damian.

— Tu… je peux me permettre de te tutoyer ?

Andreas avait opiné.

— Tu n'es pas très vieux.

— Non. Deux étés. Un vampire ne compte jamais en années humaines – si superflues.

— Comme tu dis vrai ! J'ai au moins cinquante étés. Mais qui tient une comptabilité d'une telle vulgarité ? Nous ne vieillissons pas, nous ! Nous demeurerons éternels !

Il avait courbé la tête et hurlé à la lune, pour, ensuite, les lèvres retroussées, offrir à Andreas un sourire qui dévoilait deux canines proéminentes.

— Envie de te désaltérer ?

Andreas avait aussitôt acquiescé, et tous deux avaient sauté d'une pirouette par-dessus la balustrade, pour retomber dans l'herbe, quelques mètres plus loin.

Ils avaient bu à la gorge de tous ceux et celles qu'ils avaient pu trouver cette nuit-là. Une lampée en chaque endroit pour aussi vite repartir ailleurs, vers la prochaine. Ils laissaient leurs proies en vie et lorsque celles-ci se réveillaient le lendemain, elles n'avaient d'autre souvenir que la légère cicatrice qui marquait leur cou.

Le sang avait enivré Andreas et Damian. Incapables de retrouver le chemin de leur demeure, ils s'étaient arrêtés dans une auberge où ils avaient pu se reposer et se dégriser.

Ainsi en avait-il été des mois durant. Ils s'étaient juré une amitié éternelle. Puis eurent lieu les premiers meurtres.

Des femmes assassinées étaient retrouvées dans des parcs, des ruelles, partout, jusque dans leur lit.

Des femmes dont Andreas et Damian avaient bu le sang. Andreas savait qu'il n'était pas coupable. De même qu'il savait que ce ne pouvait être son ami. Ils partageaient leurs proies et se séparaient d'elles en même temps. Qui, dans ce cas, pouvait bien être le coupable ? Ils n'avaient pas eu vent d'autres vampires dans la ville. Le meurtre demeurait une loi non écrite mais respectée. Quel intérêt y avait-il à tuer ? Tous ces litres de sang qu'ils pouvaient boire à volonté... Pourquoi en tarir la source ?

Mais les gens commencèrent à parler. Ils parlèrent de ces deux hommes superbes, qui vivaient ensemble, que l'on ne croisait qu'après le coucher du soleil. Ils parlèrent de... vampires !

Et Andreas et Damian furent dans l'obligation de disparaître. Ils partirent pour une autre ville. Mais la tuerie les suivit ; elle continua ses ravages. Jusqu'à ce qu'Andreas n'eût plus l'ombre d'un doute.

Ce ne pouvait être que Damian. Mais pourquoi ? Andreas voulut le quitter. Il en fut incapable. Ils avaient passé trop de temps ensemble. Il ignorait s'il saurait vivre seul désormais.

Les temps aussi changèrent. On commença à craindre les vampires. On fit preuve de suspicion envers tout couple d'hommes qui voyageaient ensemble et avaient leur apparence.

Leurs proies humaines devinrent de plus en plus rares, or le sang animal était incomparable au sang humain. Il n'était pas aussi sucré, ne rassasiait pas autant. Mais Andreas avait fini par s'habituer à sa fadeur et s'en accommodait.

Damian, au contraire, ne fut bientôt plus qu'un bloc d'amertume. Il était capable de s'éclipser des journées entières, pour ensuite revenir, rongé par le remords, débordant d'excuses et... ivre de sang humain.

Andreas ne cessa de rester à ses côtés. Il n'avait pas besoin d'autre présence sinon celle de Damian.

Jusqu'à ce qu'il fît la connaissance de… Thérèse !

Il l'entraperçut un soir, tandis qu'elle se tenait sur le balcon de sa chambre. Il resta longtemps dans le jardin après qu'elle fut rentrée. Il espérait la voir ressortir.

Damian ne tarda pas à remarquer le changement qui s'était opéré chez lui. Il n'eut aucune difficulté à lui soutirer la vérité.

Et un soir, Damian l'attira jusqu'à la maison. Il annonça au valet qu'ils étaient attendus.

Andreas était terrassé par l'angoisse. Que pouvait bien comploter Damian ? Voulait-il les tuer ?

On les fit entrer, tout naturellement.

Soir après soir, Damian était venu rendre visite au père de Thérèse et l'avait finalement convaincu de réaliser le portrait de sa fille.

Andreas s'assit et regarda Damian peindre Thérèse. Ce fut une délicieuse torture d'être si proche d'elle. D'entendre sa voix, de voir son sourire.

Mais jamais elle ne le remarquait. Elle n'échangeait rien avec lui, mis à part des politesses. Ses yeux étaient rivés à ceux de Damian. Elle était amoureuse de lui, bien sûr. Amoureuse d'un homme qui tuait des jeunes femmes par… amusement.

Et Andreas n'avait rien fait. Rien. Il portait une part de responsabilité aussi importante que Damian dans la mort de Thérèse. Il ne se l'était jamais pardonné.

Personne n'avait accusé Damian. Mais non, voyons… il l'aimait d'un amour si pur, si profond. Et son ami ? Ah… oui… cet homme étrange, sombre, qui ne disait rien, qui la dévorait du regard. N'aurait-il pas pu, lui, porter atteinte à la jeune fille au point qu'elle n'eût d'autre choix que de se donner la mort ?

Le père de Thérèse, terriblement affligé par la perte de son unique fille, élimina dans sa folie toute trace de son existence. Pour autant, il ne se sépara pas de la toile. Il la fit recouvrir de noir. Et l'accrocha au mur.

Il désira voir Andreas pendu au bout d'une corde, et Andreas était prêt à se rendre. Plus rien ne le retenait ici-bas. Damian le persuada de fuir, le persuada qu'ils allaient revivre comme au bon vieux temps.

Quelques années passèrent. Damian lui apprit à tuer. Ils chassaient ensemble, assassinaient ensemble. Tuer était un soulagement. Il commença presque à apprécier le goût amer que prenait le sang quand la victime était folle de terreur.

Or, les événements prirent une tournure fâcheuse. Le sommeil d'Andreas se peupla de cauchemars. Le même cauchemar le hantait, jour après jour.

Il rêvait de Thérèse. Qu'elle était morte. Qu'elle l'attendait. Il lui fallait seulement revenir au manoir, et elle serait là.

Il fut assez fou pour en parler à Damian. Il crut qu'il comprendrait. Hélas…

Un soir où Andreas s'éveilla juste avant le coucher du soleil, une odeur de fumée lui parvint aux narines.

Tout autour de lui, la maison était en flammes. Il courut à la fenêtre et il vit. Il vit Damian, dans la rue, une torche à la main.

Son meilleur ami voulait sa mort !

Une poutre s'abattit sur lui.

Comment il parvint à s'extraire de la maison en feu, c'était encore un mystère pour lui.

Andreas regardait Damian, qui se tenait devant lui dans le pavillon. Ils ne s'étaient pas revus depuis l'incendie.

Et Damian n'avait pas changé. Jamais il ne changerait. Jamais il ne *daignerait* changer. C'était au monde de s'adapter à lui. Et non l'inverse.

— Que je sois damné… tu ne peux pas imaginer combien je te hais ! cracha-t-il.

— Tes mots dépassent ta pensée, mon ami ! Tu n'y crois pas, je l'espère.

— Oh que si ! Tu n'es *plus* mon ami ! J'ai perdu mon meilleur ami le soir de l'incendie. Oui... je l'ai perdu il y a de cela de très nombreuses années. À l'époque où il se mit à interpréter les lois à sa façon. Ne tue jamais. Ne bois jamais plus que ce dont tu as besoin. Ne bois jamais le sang d'une personne non consentante. Ne trahis jamais... ton meilleur ami. Tu m'as véritablement trahi. Je pourrais fermer les yeux sur tout. Mais pas sur ça : tu as tué Thérèse. Jamais je ne te laisserai toucher Sara ! Elle est à moi !

— Il me semble te l'avoir déjà dit, mais je veux bien le répéter. Je ne la laisserai pas, tu m'entends, tranquille un seul instant, cette... Sara, ou quel que soit son nom.

La voix de Damian était glaciale.

— Et ne t'approche pas de moi, jamais. Je ne te supporte plus ! lui assena Andreas.

Damian tendit une main implorante vers lui :

— Mais...

— Disparais ! Hors de ma vue !

Damian le regarda, pétrifié. Puis il se détourna, et s'élança dans l'obscurité.

CHAPITRE XII

Depuis le balcon inondé de lumière, Sara suivait des yeux Vivian et son père, qui couraient dans le jardin.

Comment, après l'agression dont elle avait été victime, en était-elle capable ?

Quelque chose ne tournait pas rond.

Elle jeta un coup d'œil à son réveil. Presque neuf heures et demie ! Elle descendit prendre son petit déjeuner et, tout en mangeant ses corn flakes, pensa à Andreas. Elle avait hâte de le revoir.

Puis l'autre homme lui revint en mémoire. Il se dégageait de lui une telle froideur... Il inspirait la crainte, pour ne pas parler de frayeur. Finalement, ce n'était peut-être pas une mauvaise chose que Vivian habite aussi la maison. Plus ils seraient, moins il y aurait de probabilités que ce psychopathe tente quoi que ce soit contre eux. Mais s'il...

Elle frémit en songeant de nouveau à Andreas. Tout cela était quand même très étrange.

Vivian et son père entrèrent dans la cuisine.

— Tu ne trouves pas ça merveilleux, Sara, que Vivian puisse courir comme elle le fait, après ce qu'il lui est arrivé ? demanda-t-il, essoufflé.

— Si ! Peut-être même un peu trop.

Vivian se redressa et dévisagea la jeune fille :

— Qu'est-ce que tu veux dire ?

— Hier, tu tenais à peine sur tes jambes et tu saignais à la suite d'une agression violente. Et aujourd'hui... abracadabra ! Guérison miraculeuse...

— Arrête, Sara ! la prévint son père, d'un ton ferme.

— Non ! Je suis désolée, papa ! Moi, je veux découvrir quels moyens magiques lui permettent de se rétablir aussi vite ! Tu imagines, si elle connaît un remède miraculeux capable de tout guérir ? Tu n'as pas envie d'en savoir davantage ?

Elle ne quittait pas Vivian des yeux.

— En fait, ce n'étaient que quelques égratignures. Pas aussi graves qu'elles en avaient l'air. Et je me remets effectivement assez vite des petites frayeurs que l'on peut me faire !

Vivian haussa les épaules, esquissa un sourire détaché. N'empêche : son regard était d'une rare froideur.

— Ils étaient combien au moment de l'agression ?

— Trois ou quatre, je crois.

— Et ça s'est passé où ?

— Je me suis arrêtée pour prendre un homme en stop. Quand j'ai voulu me garer sur le bas-côté, il avait déjà ouvert la portière, ses complices avaient surgi de je ne sais où pour l'aider. Il m'était pour ainsi dire impossible de réagir.

Vivian distillait ses explications sans hésiter, avec une facilité déconcertante – avec beaucoup trop de facilité au goût de Sara.

— Je croyais t'avoir entendue dire que tu ne les avais pas vus.

— Effectivement. L'auto-stoppeur portait une casquette de base-ball et des lunettes de soleil. Je n'ai pas vu son visage. Je me suis comportée de manière ridicule hier, c'est vrai. J'étais sous le choc et c'est ce qui visiblement m'a fait perdre tous mes moyens. J'ai eu de la chance, ç'aurait pu être bien pire. Heureusement, ils n'ont pris que mon argent. D'accord, j'aurais peut-être dû déposer plainte auprès de la police. Mais ç'aurait changé quoi ? Je suis incapable de donner la moindre description de mes agresseurs. Alors tu m'excuseras de paraître un peu trop guérie, je vais tâcher de boiter davantage si c'est ce que tu veux.

— Je ne te crois pas une seconde.

— Sara, maintenant ça suffit ! Je ne veux plus t'entendre tenir ce genre de discours !

Pourquoi son père refusait-il de voir que Vivian mentait ? Il n'y avait pas la moindre parcelle de vérité dans tout ce qu'elle racontait. Que fallait-il pour qu'il commence à croire sa propre fille ?

— Je vais prendre un bain, annonça Vivian.

Sara repoussa son bol de corn flakes.

Vivian était écœurante ! Elle parvenait même à lui faire perdre l'appétit.

Elle aurait aimé en parler à Andreas. Il l'aurait comprise, lui. Mais elle devait attendre que le soir tombe, qu'il ait fini son travail à la bibliothèque ; et ce temps lui semblait bien long.

Quand elle eut soudain une idée.

Elle allait l'appeler. Il n'avait sûrement rien contre le fait qu'elle lui téléphone pour qu'ils discutent un peu, même pendant ses heures de travail.

Réconfortée, elle prit la direction du hall et feuilleta l'annuaire.

— Bibliothèque... bibliothèque, marmonna-t-elle avant de trouver le numéro qu'elle composa en toute hâte.

— Bibliothèque municipale, bonjour !

— Bonjour. Sara Dam à l'appareil. Je désire parler à Andreas, s'il vous plaît.

— Ah... nous n'avons pas d'Andreas ici.

— Mais... il m'a dit que...

— Je suis désolé. Vous avez dû vous tromper de bibliothèque.

— Il y en a plusieurs en ville ?

— Non, c'est la seule.

— Vous êtes sûr ? Un jeune homme, grand, aux cheveux foncés, qui…

— … s'appelle Andreas. Peut-être. Mais il ne travaille pas ici.

— Alors excusez-moi de vous avoir dérangé.

Sara raccrocha. Elle était maintenant d'une humeur encore plus exécrable. Andreas lui avait menti !

Non, bien sûr que non, il ne lui avait pas menti, mais… pourquoi n'était-il pas à la bibliothèque ? Quand justement il était censé y travailler toute la journée ?

Elle sentit des larmes lui piquer les yeux. Elle s'assit par terre, la tête entre les mains. Pourquoi est-ce que, tout d'un coup, plus rien ne faisait sens ? Elle qui croyait avoir rencontré un ami, un vrai, voilà que lui aussi se fichait pas mal d'elle. Tout était si…

— Qu'est-ce que tu fais, Sara ? interrogea son père.

Elle sécha rapidement ses larmes et le regarda.

— Rien ! Je ne fais rien ! Comme tu le vois, je suis assise par terre et, dans une minute, je vais me relever.

— Quelque chose ne va pas ?

— Non ! Tout va merveilleusement dans le meilleur des mondes.

Elle lui lança un grand sourire un peu forcé.

— Si tu es triste, tu sais que tu peux toujours venir m'en parler.

— Je te remercie, papa. Ça me fait vraiment chaud au cœur de t'entendre dire ça !

Elle se mordit la lèvre pour ne pas se remettre à pleurer. Lui parler était précisément ce qu'elle désirait, et précisément ce qu'il lui était impossible de faire, tant que Vivian habiterait cette maison.

— On va faire un tour en ville. Tu nous accompagnes ?

— Non. J'ai plutôt envie de... commença-t-elle, mais elle s'interrompit en voyant Vivian descendre l'escalier.

— Comme tu veux. On n'en a pas pour longtemps, de toute façon.

Sara avait surtout envie de dormir, de s'enfouir sous la couette et de ne plus en ressortir tant que les problèmes ne seraient pas résolus ou n'auraient pas disparu d'eux-mêmes.

Elle écouta le silence de cette grande maison... et se sentit minuscule, fragile. Et si l'homme aux yeux bleus rôdait quelque part, dehors ? Et s'il avait vu Vivian et son père partir ? Et si maintenant il allait...

La sonnerie du téléphone retentit.

C'était peut-être Andreas…

— Allô ? Sara Dam à l'appareil.

— Vivian est là ? fit une voix d'homme, grave.

— Non, elle vient juste de partir. De quoi s'agit-il ?

— Rien de particulier, je rappellerai.

— Je peux peut-être lui laisser un message ?

Elle ne voulait pas qu'il raccroche aussi vite. Peut-être était-il en mesure d'éclairer sa lanterne au sujet d'un point ou deux…

— Non, ce n'est pas la peine.

— Mais il vaut sans doute mieux que je lui dise que vous avez téléphoné, de manière à ce qu'elle vous rappelle, non ? Ce serait stupide que vous soyez obligé de rappeler pour rien.

Sara essayait de se faire la plus charmante, la plus avenante possible.

— OK. Vous n'avez qu'à lui dire que Claus lui a passé un coup de fil.

— Elle sait qui vous êtes ? Ou bien je dois noter votre numéro de téléphone ?

— Elle sait parfaitement qui je suis !

Et il raccrocha violemment.

— Ne me remercie surtout pas, imbécile !

À son tour, elle reposa le combiné et, songeuse, se mordit la lèvre. Ce Claus lui avait fait une drôle d'impression, comme quelqu'un qui n'aurait pas la conscience tranquille. Elle monta quatre à quatre les marches de l'escalier et s'arrêta devant la chambre de Vivian.

Elle devait trouver des preuves !

La porte était fermée.

Elle hésita un peu, puis se résolut à abaisser la poignée et… la porte s'ouvrit.

Le lit était fait, tout était parfaitement ordonné et rien ne traînait par terre, aucun magazine – rien. Vivian n'avait donné aucun cachet particulier à la pièce, ne pensant même pas à y accrocher quelques photos. Elle s'était contentée de placer ses meubles aussi ordinaires que fonctionnels.

Sara pénétra dans la pièce à pas de loup. Elle ignorait pourquoi elle prenait de telles précautions puisqu'elle était seule dans la maison. En fait, elle avait mauvaise conscience de franchir le seuil de la chambre. Il n'était pas dans ses habitudes d'aller farfouiller dans les affaires des autres.

Elle commença par la commode, mais n'y trouva rien d'intéressant. L'inspection de l'armoire ne donna pas de meilleur résultat. Après tout, Vivian n'était sans doute qu'une simple… « chasseuse de nuisibles ». Sara avait du mal à y croire.

Elle tira une chaise afin d'atteindre l'étagère supérieure du meuble. Elle se haussa sur la pointe des pieds et, alors qu'elle poussait un tas de serviettes, elle aperçut, dans le coin, une caisse plate en bois.

Pourquoi Vivian l'avait-elle dissimulée ?

Sara dut tirer de toutes ses forces cette caisse si lourde qui, lorsqu'elle céda, renversa la pile de serviettes. Sara les regarda, désolée. Pourrait-elle les remettre en place de telle sorte que Vivian ne remarque rien ?

Elle réussit à soulever la malle et, au prix d'un effort considérable, la posa sur le sol. Accroupie, elle la considéra un instant avant de se résoudre à l'ouvrir.

Elle était pleine de… vêtements !

Elle sentit aussitôt la déception l'envahir, elle qui avait tant espéré que…

— Une seconde, murmura-t-elle. Si cette caisse ne contient que des vêtements, pourquoi pèse-t-elle si lourd ?

Elle dégagea la veste de lainage posée sur le dessus, pour découvrir une…

Sara observa l'objet. Était-ce vraiment une… arbalète ?

Noire, d'un poids considérable, l'arbalète était fabriquée en métal laqué. Sara essaya de tirer sur la corde tendue à l'extrême, en vain. Elle finit par renoncer, de peur aussi que la corde ne vienne à rompre.

Quelque chose lui échappait. Elle ne savait plus très exactement ce qu'elle avait imaginé trouver. Pas une *arbalète*, en tout cas !

Elle la posa par terre à côté d'elle et poursuivit son inspection. Des vêtements, encore des vêtements, et… au fond… des… Des morceaux de bois ?

Au nombre de cinq, tous fabriqués dans le même bois dur (du chêne, apparemment), ils avaient la longueur de son avant-bras, et la forme de… oui, de pointes, de pieux, à voir la façon dont était taillée l'une des deux extrémités.

Elle en sortit un. Qu'est-ce que…

Une soudaine intuition lui fit placer le pieu sur l'arbalète. Ils s'adaptaient à merveille.

L'arbalète était-elle censée tirer ces pointes ?

Sara ne savait plus que penser. Pourquoi Vivian possédait-elle ce genre d'arme ? Était-elle destinée à des rats de taille gigantesque ? Ou bien… à des vampires peut-être ? N'était-ce pas avec des pieux en bois, justement, que l'on tuait les vampires ?

Sans oublier que Vivian avait montré un intérêt très particulier, frappant même, quand ils avaient lu cet article sur les animaux morts…

Mais quand même, des *vampires* ?!

Soudain lui apparut l'image de l'homme, le dément de la veille au soir. Ses yeux impeccablement bleus se transformaient ; les pupilles se dilataient, voire s'allongeaient. Son visage félin était tout à coup déformé par une grimace hargneuse qui dévoilait deux canines, proéminentes, acérées, tranchantes.

Sara passa une main sur ses yeux. Elle était terrorisée. Tout était si… réel. Cette vision n'était pas uniquement le fruit de son imagination. Elle ressemblait davantage à… oui, à un souvenir.

Son regard tomba de nouveau sur l'arbalète. L'arme n'était pas destinée à tuer des vampires – bien sûr. Puisque les vampires n'existaient pas – bien sûr.

En revanche, il n'était pas aussi certain que Vivian soit la femme qu'elle prétendait être.

Au même moment, elle entendit une voiture pénétrer dans la propriété. Le gravier crissait sous les pneus, le moteur grondait.

Non ! C'étaient eux !

Elle sentit immédiatement la panique s'emparer d'elle et lui faire perdre tous ses moyens.

Et s'ils la trouvaient ici ?

Elle jeta le pieu dans la caisse et remit les vêtements par-dessus. Vite ! Essayer de se souvenir comment l'ensemble était rangé ! Dans quel sens l'arbalète était-elle orientée, déjà ? Elle la déposa sur la pile et ferma la caisse.

Oh non… La veste !

Elle se pencha pour la ramasser mais, à l'instant même où elle la saisit, quelque chose tomba d'une des poches – un petit sachet transparent, en plastique, ainsi qu'un flacon.

Le couvercle se défit et des pilules allèrent rouler sur le plancher.

Elle les fixa, pétrifiée, puis tenta tant bien que mal de les rassembler afin de les ranger dans le flacon. Mais ses mains tremblaient tellement que les pilules lui échappaient dès qu'elle les ramassait, collaient à ses doigts en sueur.

Le souffle court, elle jeta un œil vers la porte, prête à voir à tout moment Vivian et son père débouler.

Elle réussit enfin à glisser la dernière dans le flacon, et revissa le couvercle. Il ne lui restait maintenant qu'à remettre la caisse à sa place dans la penderie. Elle regarda le flacon dans sa main crispée.

De la morphine !

CHAPITRE XIII

— Je monte me changer ! lança Vivian.

Oh non ! Non, non !

Sara finit par jeter les serviettes sur l'étagère. Elle se fichait désormais pas mal de savoir si, oui ou non, elles étaient parfaitement pliées, et dans quel ordre. La seule chose qu'elle voulait maintenant, c'était quitter cette chambre.

Elle claqua les portes de la penderie et sortit en toute hâte dans le couloir.

Ce fut une Vivian très étonnée qui tomba sur elle.

— Tu cherches quelque chose ?

Sara secoua la tête énergiquement. Elle se sentait coupable, même si elle savait que son intrusion était justifiée.

— Il m'a semblé entendre… un oiseau. Et… j'ai cru qu'il était entré… par la fenêtre. J'ai…

Elle était consciente de la profonde niaiserie de son explication.

— Tu as réussi à le faire sortir ? demanda Vivian en passant devant elle pour entrer dans sa chambre.

— Il était déjà parti quand j'ai…

Sara s'arrêta. Vivian la croyait-elle ?

C'est alors qu'elle aperçut une petite pilule blanche, sur la moquette verte, juste à côté du pied de Vivian.

Que faire ? Elle tourna les talons et dévala l'escalier.

— Papa ! appela-t-elle.

Elle devait lui raconter. Dès maintenant. Elle n'avait pas le choix. Si par malheur Vivian venait à lui parler la première, alors il ne l'écouterait plus… il ne la croirait pas du tout. De toute façon, cette femme pouvait lui faire avaler n'importe quoi.

— Je suis dans la cuisine !

Elle poussa la porte avec fracas et courut vers lui.

— Mais qu'est-ce qui t'arrive ?

— Je suis allée dans la chambre de Vivian, chuchota-t-elle.

— Qu'est-ce que tu faisais là-bas ?

— Je voulais juste regarder. Et puis…

— Mais qu'est-ce que tu racontes ? Tu es allée fouiller dans les affaires de Vivian ?

— Oui, mais…

— Monte t'excuser. Tout de suite !

— Oui, mais il faut d'abord que tu m'écoutes. J'ai trouvé une arbalète et des pieux en bois.

Son père semblait désemparé.

— Je t'assure ! Vivian n'est pas la personne que tu crois. C'est peut-être une tueuse à gages, ou quelqu'un dans ce style-là !

Sara était sur le point de pleurer de soulagement : enfin, son père l'écoutait. Peut-être même la croyait-il.

— Tout ça m'a l'air étrange, en effet. Il y a sans doute une explication logique. Ce que je voudrais bien savoir, c'est pourquoi tu es allée mettre ton nez dans ses affaires ?

— Papa !

Elle était désespérée.

Ne comprenait-il pas à la fin qu'elle avait fait ça pour *lui* ?

— Que se passe-t-il ?

Vivian…

— Vas-y, Sara ! Saisis ta chance au vol pendant qu'elle est là. (Il se tourna vers Vivian :) Sara aimerait te poser une question.

Celle-ci lança à la locataire un regard de défi.

— Pourquoi est-ce que tu possèdes une arbalète ?

Le visage de Vivian marqua la surprise.

— Alors, comme ça, tu as vu mon arbalète ?

— Oui, il semble que ma fille n'ait pas pu se retenir d'aller fouiller dans ta chambre. J'en suis profondément désolé.

— Ça n'est pas grave. Il te suffisait de demander, Sara. Je possède une arbalète parce que je collectionne les armes. Tout simplement.

— Sara t'a rangée dans la catégorie des tueurs à gages.

Vivian éclata de rire :

— Tueur à gages ?

— Il n'y avait qu'une arme, une seule ! Ce n'est pas ce que j'appelle une collection. Et les pieux en bois ? À quoi ça te sert ?

— À rien. Ils vont avec ; un point, c'est tout.

— Peut-être, mais l'arbalète est loin d'être ancienne.

— C'est vrai. Car je collectionne les armes qui ont un certain *cachet*. Pas les *antiquités*.

Vivian affichait un sourire victorieux qui donnait à Sara l'envie de lui hurler à la figure qu'elle mentait.

— Demande pardon, Sara.

Choqué, il ne la quittait pas des yeux.

— Mais elle prend de la morphine, papa !

Voir Vivian battre des paupières, désarçonnée le temps d'une seconde, la réjouit au plus haut point.

— Oui, je prends de la morphine… J'y suis obligée. Un cheval m'a donné une ruade quand j'étais petite. J'ai eu une vertèbre dorsale déplacée. Si je ne prends pas mes médicaments, je suis incapable de quoi que ce soit. Mais je ne suis pas toxicomane, si c'est ce que tu crains !

Vivian s'exprimait comme une actrice ayant étudié sa réplique dans les moindres détails. Ses yeux, ses gestes, tout en elle montrait qu'elle disait la vérité. Pourtant, Sara ne la croyait pas une seconde. Elle n'aurait pas su expliquer pourquoi – c'était de l'ordre de l'intuition.

— Sara, maintenant tu vas demander pardon, et, s'il te plaît, arrête une bonne fois pour toutes d'accuser Vivian de tous les maux de la terre.

— Au fait, quelqu'un a appelé. Il voulait te parler, Vivian.

— Qui ?

— Je ne me souviens plus.

— Qu'est-ce qu'il voulait ?

— Il ne me l'a pas dit. Il était d'ailleurs hyper désagréable.

— C'était Claus ?

Le sourire de Vivian fut cette fois un peu plus forcé.

— Oui, ça doit être ça, dit Sara après réflexion.

— Je te remercie.

Vivian poussa la porte et disparut dans le hall.

Son père prit Sara par le bras et l'attira à lui.

— Qu'est-ce qui te prend ?

— Papa ! Tu ne vois pas qu'elle est aussi fausse qu'une…

— Maintenant tu arrêtes. Compris ?

— Je ne suis pas folle ! J'ai toujours d'excellentes intuitions, comme maman !

L'espace d'un instant, elle crut qu'il allait la frapper. Mais sa main finit par retomber, et il lui tourna le dos.

Elle savait qu'elle avait touché la corde la plus sensible. Elle ne prononçait jamais le nom de sa mère, et les rares fois où elle l'avait fait, la réaction de son père avait été identique. Il se produisait chez lui comme un déclic.

Elle tendit une main vers lui, mais n'osa pas le toucher. Elle ne savait plus quoi faire.

— Je vais être obligée de m'absenter un petit moment, déclara Vivian dans l'embrasure de la porte.

Le père de Sara eut comme un sursaut et se retourna.

— Tu as réussi à savoir qui t'avait appelée ?

— C'était Claus ! Il voulait m'informer qu'une vente aux enchères a lieu aujourd'hui ; des armes intéressantes y seront présentées.

— Je peux venir ? J'ai quand même travaillé dans un musée pendant pas mal d'années, et j'ai l'œil en la matière.

— Il vaut mieux éviter. Plus on sera, plus les enchères vont monter.

Elle les salua d'un petit signe de la main et partit.

Sara soupira. Rien n'allait comme elle le voulait. Les découvertes qu'elle avait faites dans la chambre de Vivian ne menaient strictement nulle part.

Sara et son père venaient juste de terminer de dîner quand Vivian rentra. Elle n'avait pas pu acquérir l'arme que Claus avait repérée, un acheteur ayant surenchéri. Ça n'avait pas l'air de l'affecter outre mesure. Sara la trouvait même guillerette ; ce qui renforça d'autant sa certitude que Vivian ne disait pas la vérité. Elle n'était pas sortie regarder une quelconque arme particulièrement rare. Elle était partie retrouver Claus pour fomenter un de leurs sinistres plans, sans doute.

Sara se leva.

— Je vais faire un tour.

Personne ne réagit.

Elle alla s'asseoir dans le pavillon. Elle était angoissée à l'idée que l'homme aux yeux bleus puisse revenir. Mais Andreas avait promis que ce ne serait pas le cas.

Andreas…

Elle espérait qu'il viendrait, lui. Il ne manquerait pas de lui expliquer pourquoi il lui avait menti à propos de la bibliothèque. À moins qu'il ne lui ait pas menti du tout, et qu'elle l'ait tout simplement mal compris.

Le soleil commençait à se coucher et l'obscurité à tomber sur le jardin.

Sara distingua un mouvement agiter les cyprès autour de la tombe. Elle se leva. Était-ce Andreas ? Elle attendit et il lui sembla une seconde entendre quelqu'un appeler. D'une voix très atténuée, prudente. Et attirante.

— Sara ! dit soudain Andreas derrière elle.

Elle se retourna en sursaut.

— Je ne voulais pas te faire peur…

Il esquissa son éternel sourire, si particulier, légèrement oblique. Elle ressentit comme un coup de poing très doux dans le ventre. Il était beau. Pour autant, elle ne devait pas oublier sa colère contre lui.

— Pourquoi m'as-tu menti ?

Andreas la regarda, interloqué.

— Mais je ne t'ai pas menti !

— J'ai appelé la bibliothèque. Personne ne te connaît là-bas.

Il baissa les yeux.

— Ah… ça ! En fait, je n'ai pas de travail.

— Il n'y a pas à en avoir honte.

Sara était soulagée. Il ne lui avait pas menti – enfin, pas tout à fait.

— Je croyais juste que tu… En fait, je ne sais pas ce que je croyais.

Il s'assit sur le banc et regarda le jardin. Comme il aurait aimé lui dire toute la vérité. Il savait que Damian se trouvait quelque part, dans l'ombre, qu'il écoutait leur conversation et le méprisait pour sa faiblesse, qu'il le méprisait de ne pas « faire son devoir ». La seule chose qui lui importait, c'était la chasse, c'était le sang.

— Assieds-toi.

Il lui tendit la main, mais au moment où elle voulut la prendre, il la retira. Il vit la déception dans ses yeux. Elle le rejoignit pourtant sur le banc.

— J'ai passé une journée horrible. Ma seule consolation a été de savoir que tu viendrais, dit-elle sans le regarder.

— Je pense constamment à toi et je n'attends qu'une chose : le coucher du soleil.

Elle lui sourit.

— Tu n'avais qu'à passer me voir dans la journée.

— D'accord, mais… Je ne savais pas que tu avais découvert la vérité… à propos de la bibliothèque.

— Maintenant que je sais, on pourrait peut-être faire quelque chose, tous les deux, demain après-midi. Tu pourrais, je ne sais pas, moi, me faire visiter les environs.

Il ne désirait pas autre chose. Et, pour la première fois depuis des décennies et des décennies, le soleil lui manqua. Il désirait tant être assis à côté d'elle, sous la chaleur, en pleine lumière ! Il désirait tant sentir sa peau contre la sienne… sentir ses dents transpercer sa chair si chaude pour goûter à son sang.

Il sentit la transformation s'opérer. Aussi préféra-t-il fuir. Il se leva brutalement et fit quelques pas dans la pénombre, dos à Sara.

— Quelque chose ne va pas ? demanda-t-elle.

Il secoua la tête.

— Alors ? Pour demain ? Tu veux… ?

Elle posa une main sur son épaule, stupéfaite de constater combien il était maigre.

Il se tourna alors vers elle, le visage enfoui entre ses mains. Sara le regarda, interdite, mais ne s'éloigna pas pour autant. Au contraire, elle avança timidement une main vers sa joue.

Il sentit la chaleur de sa paume, une brûlure d'abord, puis une douceur qui se répandit dans tout son corps.

— Tu as prévu autre chose ? insista-t-elle.

— Non ! Non ! Tu es la seule que je connaisse ici. La seule avec qui j'ai envie d'être.

Il s'arrêta. Que cherchait-il à lui dire ?

— Je t'aime, Sara !

Elle le dévisagea, médusée. C'était bien la dernière des phrases qu'elle s'attendait à entendre.

— Tu es fou !

— Oui ! Et tu sais ce qui est encore plus fou ? Cela fait cent cinquante ans que je t'aime. Il ne s'est pas passé une année, une seule, sans que je t'attende.

Andreas était déçu par la réaction de Sara. Il avait cru qu'elle l'aimait aussi, ce qui visiblement n'était pas le cas.

Elle recula lentement. De quoi était-il en train de parler ? Cent cinquante ans ? Peut-être était-ce un détraqué, après tout…

— Écoute-moi, Sara ! Je t'en prie !

— Non ! Je… j'ai promis à mon père de…

Une main soudain posée sur son épaule la fit tressaillir.

CHAPITRE XIV

Sara se retourna lentement, ses yeux soudain aimantés à ceux de Damian, d'un bleu éblouissant. Incapable d'émettre un son, elle n'entendait que le battement effréné de son cœur.

Ce fut Damian qui brisa le silence :

— Vous n'allez pas nous quitter déjà ?

D'un bras il entoura les épaules de Sara, l'enveloppant de son manteau noir. Ses doigts s'enfoncèrent dans sa chair.

— Vous sentez si bon… dit-il en caressant sa joue.

Andreas observait son manège, à la fois fasciné et effrayé. Il avait toujours tiré un certain plaisir à voir Damian amadouer sa proie, lui dire des mots doux puis déchiqueter la gorge de la malheureuse sur laquelle il avait jeté son dévolu.

— Damian ! implora-t-il.

— Vous êtes superbe. Comme autrefois. À peu de chose près. Vous vous souvenez ?

Sara n'osait pas bouger. Elle n'avait aucune idée de ce à quoi il faisait allusion. Avant cette fameuse nuit sur le balcon, elle ne l'avait jamais vu. Et pourtant... sa voix, ses yeux...

Tous ses sens la prévenaient du danger que cet homme représentait, comme si, déjà, elle *savait* ce qu'il était en mesure de faire. Elle redoutait d'être assassinée par lui... *à nouveau* ! De la même manière qu'il l'avait fait dans le... cauchemar.

Était-elle la femme du cauchemar ? S'agissait-il de bien plus qu'un simple rêve ? Pouvait-il même s'agir d'un... souvenir ?

— Cette fois, vous ne m'échapperez pas. Vous n'êtes pas sans l'ignorer, je suppose ? Je ferai ce à quoi mon cher ami est incapable de se résoudre.

Sara transpirait dans la chaleur étouffante du manteau, et pourtant, elle sentait le froid des doigts glacés de Damian à travers sa chemise.

Le froid ? Comment pouvait-il avoir froid quand elle avait si chaud ?

— Si belle ! Si jeune ! soupira Damian avant de se tourner vers Andreas. Et si nous nous la partagions, mon cher ami ?

Sara étudia le visage félin de Damian. Lorsqu'il n'avait pas les yeux posés sur elle, elle retrouvait des pensées cohérentes. Comme si elle avait été hypnotisée, et qu'elle se réveillait maintenant de cet envoûtement. Elle devait fuir, le plus vite possible, pendant qu'il en était encore temps – avant qu'il ne la regarde de nouveau.

Elle se libéra d'un coup de son étreinte et se mit à courir. Elle entendit son rire derrière elle.

Andreas observait Damian. Il ne *voulait pas* l'écouter, mais ne pouvait s'en empêcher. Il sentait la faim gronder en lui et, déjà, la métamorphose avait repris.

La silhouette de Sara lui apparut comme une lumière rouge, vibrante, dans l'obscurité. Il s'élança à sa poursuite.

Sara cherchait sa respiration.

Elle jeta un œil par-dessus son épaule.

Oh mon Dieu !

Ils couraient après elle !

« Papa ! » voulut-elle crier, mais de sa bouche ne sortit qu'un faible gémissement que personne n'entendit. « Au secours ! »

En une fraction de seconde, elle revit la femme du cauchemar. Elle revit la longue robe blanche s'enrouler autour de ses pieds, si bien que…

Sara trébucha.

Damian la rejoignit bientôt. Il s'empara de ses longs cheveux et la tira jusqu'à lui.

— Rien de tel qu'une petite chasse avant le dîner. Rien de tel pour vous mettre en appétit !

Elle aperçut, au moment où il sourit, ses deux canines. Elle voulut crier, mais les deux mains de Damian posées sur sa gorge l'empêchaient presque de respirer.

Haletante, au bord de l'étouffement, elle observait son visage. Ses yeux... ils avaient changé ! Les pupilles étaient maintenant grandes, oblongues, comme celles d'un chat. Et elles brillaient d'une lueur non plus moqueuse, mais annonciatrice de mort.

Elle sentit, serrés autour de sa gorge, les doigts de Damian. À leur tour ils s'étaient allongés, et les griffes dont ils étaient désormais pourvus se plantaient dans sa nuque.

Quel genre d'être difforme était-il ?

— Prends-la, mon cher ami !

Sa voix était rauque et basse – comme si Andreas s'était tenu à quelques pas seulement...

Mais il ne pouvait tout de même pas être...

Pourquoi se refusait-il à l'aider ?

— Lâche-la !

Andreas saisit Damian par le bras.

— Tu la veux ! Alors prends-la ! lui jeta Damian.

— Non !

Andreas le frappa au visage du revers de la main.

Stupéfait, Damian lâcha Sara. Elle s'effondra dans l'herbe. Et, dès qu'un souffle d'air atteignit enfin ses poumons, elle se mit, à quatre pattes, à s'éloigner de ces deux hommes. Il fallait qu'elle gagne la maison. Il fallait qu'elle se mette en sûreté.

Damian, toujours ahuri, fixait Andreas. Jamais celui-ci ne l'avait frappé par le passé. Damian ne l'en aurait pas cru capable.

— Imbécile ! Elle était prête ! siffla-t-il.

— Je n'aime pas le goût du sang des victimes terrorisées. Plus maintenant ! Je n'en suis pas aussi dépendant que toi.

Andreas respirait à pleins poumons. La transformation était en passe de s'estomper, il redevenait lui-même.

Damian le saisit à la gorge.

— Je ne suis dépendant de rien du tout !

Andreas laissa tomber un ordre glacial :

— Va-t'en !

Damian le lâcha et retrouva soudain sa bonne humeur.

— Andreas, mon cher ami, pardonne-moi. Je ne voulais pas te faire de mal. Ce n'était pas mon intention.

Andreas se contenta de secouer la tête. Puis il partit à la recherche de Sara. Il devait lui parler. Il devait essayer de lui expliquer ce qu'il était, et pourquoi.

Sara entra en trombe dans la maison par la porte ouverte de la terrasse.

— Papa ! cria-t-elle.

Il arriva en courant et la regarda, rongé par l'inquiétude.

— Que se passe-t-il ?

Elle se jeta dans ses bras.

— Ils étaient… deux… dans le jardin. Et… et ils me poursuivaient, sanglota-t-elle, le visage enfoui contre sa poitrine.

— Ils t'ont fait du mal ?

Elle fit signe que non. Il l'écarta un peu de lui pour la dévisager, préoccupé.

— Appelle la police, Vivian ! Je ne veux pas de rôdeurs qui terrorisent ma fille !

Vivian composa le numéro du commissariat.

— J'ai eu tellement peur, papa. Et s'ils entraient dans la maison ! La porte de la terrasse est ouverte…

Le visage impitoyable de Damian ne cessait de hanter Sara. Quel genre de créature était-il ?

Son père se dépêcha d'aller fermer la porte. Il inspecta le jardin du regard pendant quelques instants, mais ne vit rien d'inhabituel. Lorsqu'il revint dans le hall, il entendit Vivian demander à Sara si elle pouvait donner un signalement des deux hommes.

— L'un des deux est grand, une tête de plus que moi. Ses yeux sont bleus, très bleus. Il a les cheveux blonds et il porte des vêtements bizarres : une cape ou quelque chose dans ce style… oui, un macfarlane.

Elle se tut tandis que Vivian répétait sa description à l'agent de police.

— Et puis, il se… transformait.

Sara frémit en repensant aux traits de prédateur qui s'étaient soudain imprimés sur le visage de Damian, en repensant à ses… canines qui s'étaient soudain allongées.

— Il faut que tu sois un peu plus précise que ça, mon trésor. Qu'est-ce que tu veux dire par « il se transformait » ?

— Ses dents… s'allongeaient…

Sara sut, avant même que le visage de son père ne change d'expression, que jamais il ne la croirait.

— Quoi ? demanda-t-il, incrédule.

— Et… il avait des griffes au bout des doigts !

En maintenant sa version de l'histoire, elle avait parfaitement conscience de ne pas arranger son cas auprès de son père. Et pourtant, elle n'avait pas d'autre choix que de lui dire toute la vérité.

— Et pourquoi pas des cornes et des ailes, pendant que tu y es ?

Il secoua la tête, agacé, et dit à Vivian :

— Excuse-nous auprès de la police : c'est une fausse alerte. Une très mauvaise blague, même.

— Mais… tu ne crois pas qu'elle a reçu un choc ? Tant et si bien qu'elle… a des hallucinations ? osa Vivian.

— Non. Sara n'est pas le genre de fille à avoir des visions. Et pour tout dire, je ne croyais pas non plus qu'elle était du genre à mentir pour obtenir un peu d'attention.

— Mais c'est vrai ! hurla-t-elle.

— Comment oses-tu débouler dans cette maison et nous servir une histoire pareille ?

— Je t'assure ! Il a même commencé à m'étouffer ! Regarde !

Sara désignait sa gorge, persuadée que l'empreinte des doigts de Damian avait laissé de larges marques bleues.

— Arrête, Sara, je t'en prie. Tu te comportes de manière parfaitement ridicule.

— Frank, tu devrais peut-être l'écouter calmement. Si Sara prétend avoir été poursuivie par deux individus, pourquoi mentirait-elle ?

Sara n'en croyait pas ses oreilles ! Vivian la défendait ! *Vivian*, elle !

— Je connais assez ma fille pour savoir qu'elle ment.

— Apparemment pas ! cria Sara.

Elle fila dans sa chambre, claqua la porte et la ferma à clé. Elle s'assit sur son lit et regarda les portes du balcon. Étaient-elles closes ?

Impossible de se rappeler si oui ou non elle les avait fermées, ou bien si elle les avait juste poussées, ou si le vent s'en était chargé, ou…

Il fallait qu'elle aille vérifier, qu'elle en soit sûre. Et si Damian… ou même Andreas… Elle se remit à pleurer.

Andreas !

Son seul ami ! Était-il comme Damian, lui aussi ? Et qui était, ou plutôt *qu'est-ce* qu'était Damian ?

Elle se traîna en sanglotant jusqu'aux portes-fenêtres dont les vitres lui renvoyaient son propre reflet. Elle tendit une main vers la poignée et s'apprêta à la tourner.

Les deux battants s'ouvrirent à la volée.

Elle retint son souffle, son sang ne fit qu'un tour. Elle se hâta de pousser les portes, d'abaisser la poignée. Pour que tout soit hermétiquement fermé.

Un mouvement sur le balcon lui fit lever les yeux.

Oh non !

Andreas !

Elle recula. S'éloigna de la main qu'il tendait dans sa direction, qu'il posait maintenant contre la vitre. S'éloigna de ces yeux sombres, implorants, qui la suppliaient de lui ouvrir.

— Non ! hurla-t-elle.

En se retournant, elle se cogna à la table basse et renversa les chandeliers. Les bougies roulèrent sur le sol.

Elle ouvrit la porte du couloir avec précipitation et la claqua derrière elle. Elle tenta de retrouver ses esprits.

Que faire ? Son père ne la croyait pas. Quant à Vivian, même si elle la croyait…

Elle eut soudain un déclic.

Les pieux !

Elle avait raison.

Vivian chassait les vampires !

Elle eut un rire hystérique.

Les vampires n'existaient pas.

Et pourtant… Si Damian n'était pas un vampire, qu'était-il alors ? Et s'il l'était bel et bien, dans ce cas, Vivian pouvait parfaitement…

Elle dévala les marches de l'escalier.

Vivian était à la cuisine, en compagnie du père de Sara ; elle rangeait les assiettes propres dans l'armoire.

— Vivian…

— Oui ?

— … Est-ce que tu chasses les vampires ? poursuivit-elle, se moquant éperdument du regard furieux que lui lançait son père.

— Pourquoi ? Y a-t-il des vampires dont tu veuilles te débarrasser ?

L'espace d'une seconde, elle vit Andreas transpercé par un pieu. Elle ferma les yeux.

— Non, rien. Ça ne fait rien.

Elle retourna dans le hall et alla s'asseoir dans un coin, sous l'escalier.

Personne ne pouvait l'aider.

Son père et Vivian étaient allés se coucher. La lumière était éteinte et le hall plongé dans le noir.

Elle plaqua ses genoux tout contre sa poitrine et sentit les battements de son cœur contre ses cuisses. Elle déroula le fil des événements de la soirée. Ses pensées ne cessaient de revenir à ce que lui avait dit Damian, qu'elle n'avait pas changé, qu'elle était comme autrefois.

Autrefois ?

Que sous-entendait-il ? Et que sous-entendait Andreas quand il affirmait l'avoir attendue pendant cent cinquante ans ?

Une pensée lui traversa l'esprit.

Non. C'était complètement incohérent ! C'était même impossible…

Il fallait qu'elle en ait le cœur net.

Elle se leva lentement et écouta le silence.

Lorsqu'elle fut certaine d'être la seule encore éveillée, elle traversa le hall pour rejoindre la pièce où se trouvait la peinture.

Les reflets de la lune tombaient à travers les petits carreaux de la porte de la terrasse et formaient des motifs géométriques sur le sol en acajou. Le tableau semblait attendre sur son chevalet. Sara hésita avant d'allumer la lampe d'architecte.

Elle plissa les yeux, éblouie par la lumière crue. Quand bien même elle répugnait à le faire, elle était obligée désormais de révéler le reste de la toile. Avant, ç'avait été un plaisir mêlé d'excitation de découvrir peu à peu ce que cachait la couche de peinture noire, alors que maintenant… Maintenant, elle avait peur de ce qu'elle allait voir.

Elle enfila ses gants en caoutchouc et se mit au travail.

Lentement d'abord. Puis vite, de plus en plus vite. Jusqu'à ce que la peinture noire ait complètement disparu, et que la toile originelle lui apparaisse en entier.

CHAPITRE XV

Sara fixait le tableau devant elle. Elle n'arrivait pas à le croire ! Ce ne pouvait pas être vrai !

Les bras de la femme, sa manière de tenir les lis, son visage. Tout. C'était elle, *Sara*, tout entière ! C'étaient *ses* yeux, *son* sourire… oui : c'était *elle* !

Thérèse fixait la peinture devant elle. La lueur de la lune inondait la pièce, enveloppait la toile d'une lumière froide, vaporeuse. Jamais elle n'aurait cru pouvoir ressembler à cette femme. Elle était si belle !

— Vous l'aimez ? demanda une voix grave derrière elle.

— Je l'aime beaucoup… et vous aussi !

Thérèse se retourna et plongea son regard dans les yeux d'un bleu enchanteur qui la dévisageaient. Elle se serra tout contre Damian tandis qu'au loin une porte grinçait doucement en s'ouvrant.

Sara fut arrachée au passé et ramenée dans le présent par le même bruit que Thérèse avait entendu alors.

Le léger bruit d'une porte qu'on pousse.

Elle regarda autour d'elle, épouvantée.

N'était-elle pas seule ?

Le mur renvoyait des ombres d'une insondable profondeur et le silence était total. Avait-elle vraiment entendu quelque chose ?

Elle en doutait. C'était juste… tout ça, tout ce qui venait de se passer ; ses réactions en étaient exacerbées.

Elle s'assit sur le plancher pour observer le tableau.

Avait-elle été Thérèse ?

En tout cas, il ne faisait pas de doute qu'elle ressemblait comme deux gouttes d'eau à la femme sur la peinture. Mais…

Et Damian ! L'artiste qui avait peint la toile n'était autre que lui. Et non pas un ancêtre d'Andreas. Mais alors, pourquoi le visage de ce dernier était-il représenté dans les plis de la robe ?

Elle passa une main dans ses cheveux. Elle était morte de fatigue. Un mal de tête lancinant lui vrillait les tempes. Mais elle savait qu'elle était incapable de s'endormir. Tout lui échappait, elle ne comprenait plus rien.

Andreas et Damian avaient-ils tué Thérèse ? Revenaient-ils à présent pour renouveler leur crime ?

Un bruit la fit se retourner brusquement. Quelqu'un toquait prudemment au carreau.

— Sara !

C'était Andreas. Le son de sa voix lui parvint affaibli par la vitre qui les séparait. Il la regardait, implorant.

— Il faut que je te…

Elle eut un mouvement de recul et, terrorisée, elle sortit de la salle et traversa le hall. Elle devait fuir ! Elle n'était plus en sécurité nulle part.

Au même moment, on cogna à la porte d'entrée.

Elle tenta de reconnaître la silhouette sombre de l'autre côté de la vitre.

Les vampires ne peuvent entrer que s'ils y sont invités. Et, tandis que cette phrase lui revenait en mémoire, elle se recroquevilla sous l'escalier, effrayée à l'idée que la réalité puisse ne pas copier la fiction des livres.

Mais de nouveau on frappa.

— Va-t'en ! Va-t'en ! chuchota-t-elle, persuadée qu'il s'agissait d'Andreas, venu pour la…

Était-ce lui qui tuait les animaux ? Elle avait peine à le croire.

Et l'on frappa encore. Avec plus d'insistance, cette fois.

Sara se tapit dans son coin. Elle entendit une porte s'ouvrir à l'étage.

Les marches de l'escalier craquèrent sous les pas de Vivian, qui se dirigea tranquillement jusqu'à la porte d'entrée et l'ouvrit, avant même que Sara ait eu le temps de l'avertir.

— C'est toi ? dit Vivian à voix basse.

« Mon Dieu ! pensa Sara. Elle connaît les vampires ! » Peut-être même était-elle un vampire…

— Je t'ai déjà dit que je ne veux pas te voir ici !

— Je le sais bien ! Mais la région est totalement infestée. On retrouve leurs traces partout, répondit un homme.

Sara reconnut sa voix et tendit le cou pour mieux le voir.

Cet homme était une véritable montagne. Mesurant pas loin de deux mètres, il avait la même carrure athlétique que Vivian.

Mis à part cela, Sara ne distinguait pas grand-chose ; mais ce dont elle était certaine, c'est qu'il s'agissait bel et bien de Claus.

— Je sais que deux d'entre eux rôdent par ici. La gamine a même eu un contact avec eux. Mais elle ne veut pas collaborer. Tout ce que j'espère, c'est qu'ils ne vont pas l'avoir, précisa-t-elle avant de jeter un coup d'œil derrière elle. Il vaut mieux que tu disparaisses avant que quelqu'un ne descende. Je ne veux pas risquer d'être mise à la porte. Cette maison constitue la meilleure base qu'on puisse trouver. Sois prudent !

— Toi aussi, dit Claus en lui caressant le visage.

— Qui est-ce ? résonna la voix du père de Sara à l'étage.

— Va-t'en vite ! murmura Vivian avant de fermer la porte.

Puis elle alla à la rencontre de Frank, au bas de l'escalier.

— Quelqu'un qui s'est trompé d'adresse.

— Tu mens ! s'écria Sara.

Ils sursautèrent tous les deux et regardèrent Sara sortir de sa cachette.

— C'était Claus !

— Sara, par pitié, tu ne vas pas recommencer ! dit son père.

Il la prit par les épaules et déposa un baiser dans ses cheveux.

— Tu sais quoi ? Et si on faisait quelque chose, tous les deux, demain ? C'est toi qui choisis ! Alors, qu'est-ce que tu en dis ?

Elle n'avait qu'une envie : lui lancer au visage que le mal était fait, que sa vie ne serait plus jamais la même. Qu'un lien monstrueux la rattachait à des vampires. Mais elle ne dit rien et se serra contre lui, espérant en vain que tout redevienne comme avant.

— Qu'est-ce que tu fabriques debout à une heure pareille ?

— J'ai tellement peur, papa, répondit-elle entre deux sanglots.

— Sara… tu n'as pas à avoir peur. C'était un rêve.

— Non ! Ce n'était pas un rêve ! Et Claus ne l'était pas non plus. Demande à Vivian qui il est. Vas-y, demande-le-lui.

— C'était Claus ?

— Non, je te l'ai dit. Juste quelqu'un qui s'est trompé d'adresse.

— Ma chérie, je crois vraiment que la chaleur et tout le chambardement consécutif au déménagement t'ont rendue très nerveuse. Tu devrais peut-être aussi t'arrêter de travailler pendant un petit moment, et surtout ne plus manipuler de térébenthine ni d'acétone.

Sara se libéra de son étreinte. Elle était furieuse. Non seulement il prétendait qu'elle était folle à lier, mais il sous-entendait maintenant qu'elle sniffait ! Alors qu'il savait qu'elle n'avait pas encore utilisé de dissolvants d'aucune sorte.

C'était injuste de sa part. Comment pouvait-il une seule seconde préférer croire cette sale menteuse qu'il avait introduite dans leur maison ?

— Je te déteste ! Jamais je ne te pardonnerai !

Elle monta les marches quatre à quatre et s'enferma dans sa chambre. Elle se jeta tout habillée sur son lit, le regard tourné vers le balcon. Elle était si épuisée qu'au final il lui était égal de savoir si oui ou non des vampires l'attendaient, là, dehors.

CHAPITRE XVI

Assise dans le pavillon près de Damian, Thérèse laissait flotter son regard dans l'obscurité.

— Avant que père n'envoie des gens à ma recherche, je souhaite vous demander une chose. Comment avez-vous pu me rendre si belle sur la toile ?

Elle se retourna et, du coin de l'œil, aperçut Andreas, juché sur la balustrade. Il la regardait.

— Je vous dévore avec les yeux d'un homme amoureux, répondit Damian en déposant un baiser sur la main de Thérèse.

Embarrassé, Andreas se leva et s'en fut dans le jardin. Thérèse l'observa qui s'éloignait.

— Quel jeune homme singulier !

À son tour, Damian se leva et lui adressa un regard noir.

— Il est mon meilleur ami. Et je n'autoriserai personne, à commencer par vous, à tenir des propos désobligeants à son endroit.

— Ne vous méprenez pas, je le trouve très gentil. Mais il ne me parle jamais et passe le plus clair de son temps à me contempler.

Thérèse prit la main de Damian et l'attira à elle afin qu'il se rassoie à son côté.

— Il n'y a personne sinon lui à qui je confierais ma vie. Personne !

Son regard se perdit dans le vide, comme sous l'emprise d'un rêve. Il resta silencieux pendant un instant. Puis il ajouta :

— Nous avons tout vécu ensemble, lui et moi. Nous avons tout partagé, aucun mot ne nous a jamais séparés.

Thérèse lui adressa un sourire attendri. Elle aimait par-dessous tout l'entendre parler. Elle aimait le mouvement de ses lèvres fines. Et rien ne lui rongeait plus les sangs que l'attente du mariage, quand, enfin, elle serait à lui, pour de bon. Son amoureux n'avait plus qu'à demander sa main à son père. Et celui-ci ne s'y opposerait pas : il appréciait beaucoup Damian qui, déjà, faisait partie de la famille.

— Andreas vous aime !

Damian détourna le regard. Il ne supportait plus de voir ce visage énamouré, et le parfum de Thérèse lui donnait le vertige.

La surprise se lut sur ses traits ; elle dit :

— Je l'ignorais. Dans ce cas, il me faut lui parler. Je ne veux aucunement qu'il souffre de notre amour l'un pour l'autre.

Damian se fendit d'un rire méprisant.

— Andreas ?! Quelle chance tu as ! lança-t-il dans l'obscurité.

Secoué par quelques gloussements, il fit le tour du banc d'où Thérèse suivait ses mouvements, étonnée.

— Il a tellement de chance que vous ayez jeté votre dévolu sur *moi*, et non sur lui.

— De la chance ?

— Andreas ne sera jamais en mesure d'accomplir son devoir.

Damian se pencha vers elle, ses yeux bleus rivés à ceux de Thérèse, désormais incapable de se mouvoir. Les doigts de Damian glissèrent alors le long de son cou – qu'elle avait dénudé – et suivirent la veine qui se prolongeait jusqu'au cœur.

Elle le regardait, hypnotisée. Un instant, elle s'amusa de la transformation dans ses yeux – l'élargissement, puis l'allongement de ses pupilles. Mais, à le voir lui sourire et ainsi dévoiler deux longues canines proéminentes, acérées, elle recula, épouvantée.

— Mon amour, murmura-t-elle en secouant la tête faiblement.

— Donnez-vous à moi !

De nouveau, Damian se pencha sur elle.

— Non ! Vous êtes le diable qui parlez par la bouche de mon amoureux. Je vous ordonne de disparaître !

Le crucifix tendu devant elle pour seule protection, elle se leva d'un bond.

Damian lui sourit.

— Cela ne vous sera d'aucun secours. Votre foi n'est pas assez forte !

Thérèse voulut crier : « Non ! »

Que lui était-il arrivé ?

Elle avait déjà entendu des histoires de vampires, sans jamais vraiment y croire. Et pas plus tard que la veille au soir, Damian et elle avaient même ri de ces légendes. Comment pouvait-il, maintenant, se tenir devant elle, à ce point modifié, à ce point effrayant ?

Elle se retourna et s'enfuit dans le jardin.

Mais Damian était plus rapide.

Il l'attrapa par la nuque et l'obligea à le regarder dans les yeux.

— Mon amour, est-il si important pour vous de savoir ce que je suis ? N'est-ce pas mon être *tout entier* dont vous êtes éprise ? *Moi*, avec qui vous désirez partager le restant de vos jours ?

Elle acquiesça. Car, oui, il avait raison. Quel qu'il fût, peu lui importait : ses sentiments pour lui seraient inchangés.

— Ce ne sera qu'une infime morsure. Cela ne vous fera aucun mal.

Sa voix était douce et sa main caressait délicatement le cou de Thérèse. Des frissons délicieux parcouraient la jeune fille.

— Vous devez simplement le vouloir très fort, ma chère Thérèse. Regardez-moi dans les yeux, et dites-moi que vous le voulez !

Soudain, elle ne désira pas autre chose que de sentir les lèvres de Damian sur son cou, que de lui succomber.

Et elle sentit son souffle contre sa gorge – elle pencha la tête en arrière. Puis elle sentit ses lèvres contre sa peau. Et, lorsqu'il ouvrit la bouche, elle sentit enfin ses dents pointues.

— Non !

Andreas la poussa si brutalement qu'elle tomba dans l'herbe.

— Comment oses-tu m'interrompre ? feula Damian.

Thérèse profita de ce répit pour se relever et se mit à courir. Les bras ramenés contre sa poitrine, les larmes coulant sur ses joues, elle avait honte de ses pensées inavouables et elle savait qu'elle devrait payer pour racheter ses péchés. Mais plutôt la punition qu'être à jamais sous l'emprise d'un vampire. Elle frémit et passa sa main sur son cou, là où Damian avait posé ses lèvres.

Elle apercevait au loin les lumières de la maison. Elle gémit de soulagement. Elle entendit Damian derrière elle ; mais en regardant par-dessus son épaule, elle ne vit plus aucune trace de lui.

Il avait renoncé…

— Merci, mon Dieu ! Merci ! sanglota-t-elle, pour aussitôt… pousser un hurlement.

Damian ! Il était là ! Devant elle…

Elle changea de direction. Elle n'avait d'autre choix, si elle voulait l'éviter, que de descendre et contourner l'étang.

— Vous ne pouvez pas m'échapper. Je vous retrouverai. Je vous retrouverai toujours, lui cria-t-il, toujours lancé à sa poursuite.

L'étang se trouvait juste devant elle, pareil à une mare de sang.

Elle jeta un nouveau coup d'œil par-dessus son épaule.

Oh mon Dieu ! Il était si proche, à présent !

Brusquement, sa longue robe blanche s'enroula autour de son pied.

Elle trébucha… et tomba de tout son long.

L'eau tiède de l'étang se referma sur elle et remplit sa bouche au moment même où elle cria.

Damian s'arrêta près du bord pour observer les cheveux bruns de Thérèse, flottant à la surface.

— Non ! Non ! hurla Andreas, prêt à se jeter à l'eau.

Mais Damian l'en empêcha.

— Laisse-la ! Elle ne mérite pas autre chose.

Andreas se débattit afin de se défaire de l'étreinte de son ami. Cependant, comme toujours, celui-ci se montra le plus fort.

Andreas éclata en sanglots lorsque la chevelure s'enfonça sous l'eau.

Il sut à cet instant qu'elle était morte.

Les yeux embués de larmes, Sara regarda tout autour d'elle dans la pièce.

Elle avait été Thérèse. Elle avait éprouvé tout ce que Thérèse avait éprouvé avant elle. De la même façon qu'elle avait senti son esprit quitter son corps. Quelle merveilleuse sensation de liberté !

Soudain, elle se prit à sourire.

Ainsi, ce n'était pas Andreas qui l'avait tuée. Mais Damian.

Andreas avait tout fait pour l'aider ! Il l'aimait de tout son amour, lui. Ainsi, l'amour éternel existait bel et bien…

Elle enfouit son visage dans l'oreiller et continua de pleurer.

Elle ne savait plus si elle était heureuse ou malheureuse.

Elle était face à un puzzle dont les morceaux retrouvaient subitement leur place exacte. Elle avait donc déjà vécu ; les vampires existaient, et Andreas était l'un d'eux.

Elle venait d'obtenir la réponse à tant de questions… Désormais, elle savait pourquoi elle avait si peur de l'eau. Elle… Thérèse… était morte noyée.

Elle se leva du lit. Il fallait qu'elle retourne sur la tombe – *sa propre tombe*…

Était-elle vraiment Sara ? Ou bien était-elle Thérèse ?

Elle descendit l'escalier à toute vitesse pour rejoindre la salle où l'attendait la peinture. À force de l'observer, elle ressentit une peine immense pour cette jeune femme souriante, qui avait été si… heureuse.

Elle ouvrit la porte donnant sur la terrasse et inspecta du regard les alentours, tandis que l'angoisse montait peu à peu en elle.

Le jardin était plongé dans les ténèbres et le silence. Pieds nus, elle foula l'herbe avant de s'élancer vers le bosquet de cyprès. Le sang battait à ses tempes et, tout en courant, elle jetait régulièrement des regards inquiets par-dessus son épaule. Elle savait que c'était une pure folie de sa part de se risquer dehors tant que le jour n'était pas levé. Mais elle devait faire ses adieux à Thérèse.

Elle s'agenouilla devant la tombe puis, de l'index, suivit les lettres gravées dans la surface irrégulière de la pierre. Un calme inconnu l'envahit soudain. Elle commençait à comprendre qu'elle *était* Sara. Peut-être l'esprit de Thérèse s'était-il transmué en elle, mais elle l'avait tout de même modelé à sa propre manière.

Les cyprès s'agitaient sous l'effet d'un vent léger tandis que des écharpes de nuages gris glissaient régulièrement devant la lune.

Dès qu'elle fermait les yeux, Sara apercevait le visage affolé de Thérèse. Damian allait-il la tuer à son tour ? Elle frémit en pensant à son visage de prédateur.

Un bruissement dans les cyprès la fit sursauter.

— Andreas ? murmura-t-elle sans obtenir de réponse.

Lentement, elle se leva en s'aidant d'une main appuyée sur la tombe. Était-ce Damian ?

Le hululement tout proche d'une chouette semblait, bien qu'étouffé, la prévenir d'un danger. Les arbres se penchaient sur elle ; une porte claquait quelque part.

Elle courut vers la maison, tentant de se persuader qu'elle était seule dans le jardin, que Damian l'aurait déjà attaquée s'il avait été là.

Essoufflée, elle n'en fut pas moins soulagée en atteignant les portes de la terrasse.

Lorsque, tout d'un coup, une silhouette fendit l'obscurité. Sara s'arrêta net. Ainsi donc il était là, malgré tout ! Damian…

— Sara, c'est moi !

Andreas !

Il s'avançait vers elle – à pas comptés, comme s'il avait peur qu'elle ne fuie si jamais il venait à faire un mouvement brusque.

— J'ai quelque chose à te dire.

— Je sais tout ! J'ai été Thérèse.

— Oui, c'est vrai. Mais ce que je voulais t'avouer, c'est que… je suis un vampire.

Quel soulagement ! Enfin il pouvait agir selon sa vraie nature.

— Ça aussi, je le sais. Je l'ai rêvé. C'était même étrange…

— Alors tu sais aussi que Damian…

— Qu'il m'a tuée ? Je veux dire… qu'il a tué Thérèse ? Oui, je le sais.

Un souffle de vent la fit frissonner.

— Tu veux entrer ?

— Si tu m'invites à l'intérieur, tu ne pourras dès lors plus m'en interdire l'accès. Tu auras beau fermer portes et fenêtres, j'arriverai toujours à entrer.

— Alors c'est vrai, ce que l'on dit ?

Il acquiesça.

— Tu pourras aller et venir comme bon te semblera, décida-t-elle. Je n'ai rien contre.

Ils entrèrent et s'assirent sur le plancher, dos au mur, de façon à pouvoir regarder la peinture. Andreas conservait un souvenir très précis de la manière dont l'image avait peu à peu pris forme sous le pinceau de Damian. Et voilà que, maintenant, la toile était révélée à nouveau.

L'histoire se répétait… Mais il ne laisserait pas Damian tuer Sara. Pas cette fois !

Sara brisa le silence.

— Comment était-elle ?

— Pas aussi belle que toi, répondit-il. Vous vous ressemblez beaucoup et… vous êtes très différentes l'une de l'autre. Ce doit être ta peau. Oui, elle est plus mate.

— C'est à cause du soleil.

— Le soleil !

Un instant, ses yeux se perdirent dans le vague.

— J'avais presque oublié son existence…

— Il ne te manque pas ? Et la chaleur ? La lumière ?

— Non. La lune est beaucoup plus mystérieuse, plus attirante, plus secrète. Les vampires ont été créés pour vivre la nuit, donc…

— Il y a tant de choses que j'ai envie de

savoir… je ne sais pas par où commencer. Dis-m'en plus à propos de Thérèse.

— Elle était si belle… très douce, oui, splendide… Une vraie fille de riches qui ne pensait qu'à l'homme qu'elle allait épouser. Là, j'exagère sûrement ! Toujours est-il qu'elle n'était pas très au courant ni très intéressée par les problèmes de ce monde. Pour elle, les gens méchants, injustes ou malintentionnés n'existaient pas. Elle était… une étoile… claire et magnifique.

— Je vais finir par être jalouse.

En réalité, Sara le comprenait, Andreas était amoureux de Thérèse, et non d'elle.

— Il ne faut pas. J'ai changé, tu sais. Un joli visage et un esprit léger ne sont plus suffisants pour moi désormais. J'ai attendu longtemps. Et je dois t'avouer que je ne suis pas déçu.

Sara esquissa un sourire, mais n'osa pas relever les yeux.

— Comment es-tu devenu vampire ?

— Je l'ai choisi. Ce n'est pas un état qui nous est imposé, contrairement à ce que l'on peut voir dans les films ou lire dans *Dracula*. Il faut le désirer. Il faut désirer devenir vampire. Et c'est ce que j'ai fait. Je voulais cette magie, ce mystère, cette beauté, que seuls les vampires peuvent posséder. La vie éternelle ! La jeunesse éternelle ! Voilà ce que je voulais. Et j'ai saisi la chance dès qu'elle s'est présentée à moi. Rares sont ceux qui de nos jours font un tel choix. Nous sommes une race menacée d'extinction, et ce quand bien même nous sommes éternels. Certains d'entre nous ne supportent pas le goût du sang animal, et de moins en moins d'humains acceptent de nous donner de leur plein gré un litre ou deux de sang. Nous pouvons, certes, prendre en chasse les humains, mais le sang humain est à peine buvable si la personne est terrorisée. D'autres, comme Damian par exemple, en sont devenus complètement dépendants. Je veux dire... du sang amer. Ils n'ont aucun égard, tout leur est égal.

— Alors tout ce qu'on entend à propos des vampires est faux aussi ? Les croix ? L'ail ?

— Non ! Mais la croix ne fonctionne que si la personne qui la brandit est vraiment croyante. Quant à l'ail... Que dire ? Ça, non, ça n'a pas d'effet repoussoir sur nous. Et puis l'odeur n'est pas si détestable.

Sara se souvint des pieux qu'elle avait trouvés dans l'armoire de Vivian. Elle demanda, prudemment :

— Et les pieux en bois qui transpercent le cœur ? Ça marche ? Ils vous tuent ?

— Pourquoi ? As-tu songé à me tuer dès que je vais avoir le dos tourné ?

Elle secoua la tête en signe de dénégation.

— Qui ne mourrait pas d'un pieu planté dans le cœur ? La lumière du soleil nous détruit, ainsi que le feu. J'espère vivement que tu n'es pas en train d'échafauder des plans en ce sens.

— Je crois que nous abritons une tueuse de vampires à la maison.

Andreas éclata de rire.

— Vraiment ? Ça fait un sacré bout de temps que je n'en ai pas croisé sur mon chemin.

— Mais je t'assure !

Elle était déçue de constater qu'il se moquait d'elle.

— Ne t'inquiète pas. Personne ne peut m'attraper. Beaucoup ont essayé, mais…

— Combien de litres de sang te sont nécessaires ? Je veux dire… pour survivre ?

— Le plus possible ! Mais de préférence plusieurs litres. Puisque je n'en produis pas moi-même. Je n'ai pourtant pas besoin de chasser chaque nuit. Je peux tout à fait me contenter d'une gorgée ici ou là, mais les forces d'un vampire diminuent rapidement si elles ne sont pas revivifiées par le sang.

Il regarda droit devant lui, l'air songeur.

— As-tu déjà… tué quelqu'un ? hasarda Sara.

Cet univers la fascinait – l'idée que l'on puisse vivre du sang des autres. Ne pouvoir vivre que grâce à l'existence des autres. C'était effrayant, mais tout en même temps magnifique.

Il fit un signe de tête. Devait-il lui raconter que Damian et lui avaient tué pour le seul plaisir de tuer ? Que sa fureur et sa désillusion après la mort de Thérèse avaient été atténuées de cette manière ? Devait-il lui avouer que le meurtre lui manquait ?

Nombreux étaient ceux qui avaient fini par ressembler aux vampires décrits dans les livres. Des monstres assoiffés de sang, qui semaient la mort et la désolation sur leur passage et qui, aveuglés par leur désir de sang, sortaient en plein jour et… disparaissaient comme par enchantement.

Quelle manière singulière de mourir ! Ce devait être merveilleux… Sentir une ultime fois la chaleur du soleil et puis se consumer comme une étoile. Plutôt ça que de mourir de faim comme il était arrivé à certains.

— Pourquoi m'as-tu… as-tu attendu Thérèse ? commença Sara sans réellement savoir si oui ou non elle pouvait se permettre de poser la question.

— Pourquoi je t'ai attendue, toi !

— D'accord, moi. Pourquoi as-tu attendu pendant tant d'années ?

— Cent cinquante ans ne sont rien. Et je n'avais pas d'autre choix que de t'attendre.

L'espoir de te voir a été la seule chose qui m'a empêché de perdre la tête.

— Mais… les hommes…

— Je ne suis pas un être humain ! l'interrompit-il d'un ton plein de fierté. Je ne me souviens plus des sentiments que je pouvais éprouver quand j'étais encore un humain. Ce dont je suis sûr, c'est qu'ils étaient vagues et fluctuants, comparés à ceux qui m'animent désormais. Un vampire ressent les choses d'une manière décuplée. Nos sentiments sont si forts qu'on pourrait nous croire possédés mais… ce n'est pas vrai. Ils sont juste… plus profonds que ceux des humains. Plus…

D'instinct, il sut que l'aube approchait. Il se leva.

— Je vais devoir partir.

— Tu ne peux pas rester un peu plus longtemps ?

— Non.

— Ah j'oubliais ! Tu dois retourner dans ton cercueil, le taquina-t-elle.

— Non, nous ne dormons pas dans des cercueils, rectifia Andreas en souriant.

Il lui caressa les cheveux, bercé par l'espoir qu'un jour viendrait où il passerait chaque nuit à ses côtés. Il n'en pouvait plus d'être seul. Il n'en pouvait plus de cette solitude glaciale qui s'insinuait en lui au réveil. Il avait été seul bien trop longtemps.

— On se retrouve tout à l'heure ? demanda-t-elle en mettant un terme à ses pensées.

— Évidemment !

Il sentait la chaleur de son bras contre le sien, sentait le sang pulser dans le corps de Sara. Ses contours devinrent soudain rouges et flous. Sara remarqua aussitôt la transformation qui s'opérait dans ses yeux.

Elle observa, fascinée, cette soudaine métamorphose. Elle vit les pupilles se dilater. Elle vit les ongles s'allonger pour ressembler à des griffes, comme celles d'un chat.

— Pardon ! murmura-t-il, troublé, détournant le regard.

Elle entraperçut les deux canines – des dents de prédateur. Quelle sensation éprouverait-elle en étant mordue ?

Il prit entre ses mains le visage de Sara et déposa sur ses lèvres un baiser prudent. Il fut envahi par l'envie irrésistible de laisser parler sa faim, de goûter le sang de Sara, d'ouvrir sa gorge d'un coup de griffes et de sentir le sang contre son visage.

Il laissa son index glisser le long du cou, parcourir cette peau si douce. Ce serait si simple !

Elle ne se rendrait compte de rien. Elle n'aurait même pas mal – ou à peine.

— Sara ?

Vivian !

Andreas s'écarta aussitôt.

— À bientôt ! Et surtout ne t'approche pas de Damian si jamais il apparaît devant toi. Ne le regarde pas dans les yeux ! Il hypnotise ses proies.

Il disparut dans le jardin.

— Il m'a semblé entendre des voix, dit Vivian en entrant.

Sara se retourna vers elle. Ne pouvait-elle jamais s'occuper de ses affaires, celle-là ?!

— Je ne dormais pas. Alors ? Quelle excuse as-tu à me fournir pour justifier le fait que tu m'espionnes ?

— Mais je ne t'espionne pas du tout ! Comme je viens de te le dire, j'ai entendu des voix dans cette pièce et j'ai eu peur que les deux hommes se soient introduits ici.

Vivian la dévisagea longtemps, comme intriguée, et s'arrêta sur la gorge de Sara. Puis elle esquissa un bref sourire de soulagement jusqu'à retrouver cette expression faussement insouciante.

— À qui parlais-tu ?

— À moi-même. C'est bien la seule et unique compagnie sensée que je peux trouver dans cette maison, répondit Sara en allant fermer la porte de la terrasse.

— On aurait plutôt dit que tu t'adressais à quelqu'un d'autre.

Vivian regarda autour d'elle comme si elle cherchait un indice qui confirmerait ses soupçons, et rassembla les plis de son kimono.

— Eh bien tu te trompes !

Sara quitta la pièce, espérant vivement que l'autre la suivrait. Elle ne voulait pas que Vivian voie la peinture. La toile en disait tant...

Et pour une fois, Vivian s'ajusta sur la volonté intime de Sara. Elle monta les marches derrière la jeune fille tout en la sermonnant sur le danger potentiel que représentaient des inconnus.

— Je sais très bien que je ne dois pas parler à des inconnus... Mon père me l'a suffisamment répété quand j'étais petite !

Sara ferma la porte de sa chambre et s'allongea sur son lit. Elle s'étira et, un sourire aux lèvres, se rappela la sensation que lui avait procurée le baiser d'Andreas.

Le soleil commençait à colorer le ciel et les premiers oiseaux à s'ébrouer lorsque Andreas ouvrit le portail de la grange abandonnée où il logeait durant la journée. Il repéra rapidement la partie la plus sombre et se lova dans un coin.

Le bâtiment était vieux, fait de planches plus ou moins pourries et toutes de guingois, à travers lesquelles filtraient par endroits les rayons du soleil. La grange ne constituait pas en soi la cachette idéale, mais elle lui convenait. Pourvu qu'il demeure immobile dans son coin sombre le temps que durait le jour.

— Tu es pitoyable ! fit une voix près de lui.

Andreas regarda Damian sortir de l'obscurité.

— Je savais que je te trouverais ici. J'espérais seulement que tu me laisserais tranquille si moi-même je restais silencieux.

— Alors, comme ça, tu t'es encore une fois laissé aveugler par elle… constata Damian en s'asseyant à côté de lui.

Il semblait toujours tendu comme un ressort, prêt à l'attaque à tout moment.

— Je croyais t'avoir déjà dit que ta compagnie ne m'intéresse pas. Alors pourquoi tu ne disparais pas de ma vue ?

— L'aube est désormais derrière nous, mon cher ami. Et je te sais parfaitement incapable de m'envoyer en pleine lumière.

Il avait raison, et Andreas se détestait pour ça. Mais Damian n'avait pas le droit de réapparaître après tant d'années et d'exiger que tout soit comme avant. Il haussa les épaules :

— Reste, si c'est ce que tu veux. Mais je t'en prie, ne t'approche pas de moi.

— Andreas, je le dis seulement pour ton bien : elle est une humaine ! Elle ne te fera que du mal, dit Damian d'une voix douce et étouffée, comme s'il parlait à un enfant qui ne saurait rien du monde.

— Tais-toi ! aboya Andreas.

Il ne voulait pas se mettre en colère, refusait que Damian ait ce plaisir. Il savait qu'à la moindre faiblesse, l'autre gagnerait, comme d'habitude.

— Tu crois que vous vous aimez. Mais es-tu bien certain que, une fois l'été terminé, elle continuera de t'aimer, lorsque la fascination se sera évaporée ? Et crois-tu qu'elle t'aimera lorsqu'*elle*, elle vieillira, alors que *toi*, tu resteras le même ? Et d'ailleurs, est-ce que tu l'aimes vraiment ? Ou est-ce que tu veux juste te faire souffrir ? Avoue au moins devant moi, avoue à ton plus vieux, à ton meilleur ami, que le désir dévorant et douloureux de son sang suscite en toi une jouissance inégalée. Tu sais très bien, tout comme moi, que jamais vous ne pourrez vivre ensemble ! À un moment ou à un autre, tu capituleras. Tu le sais ! Et tu ne te contenteras pas de la tuer *elle*, tu te tueras toi aussi !

— Tu mens !

Andreas se redressa brutalement. Il ne voulait plus l'écouter. Il ne voulait plus entendre à voix haute ce qu'il ruminait à voix basse. *Il ne le voulait pas !*

— Non, ton cœur est trop beau, Andreas. Si jamais tu venais à lui faire du mal, jamais tu ne te le pardonnerais. Alors qu'en réalité, demain ou un autre jour, tu sais que tu la blesseras.

Damian se leva et l'obligea à le regarder dans les yeux.

— Avoue ! Avoue que la seule pensée de son parfum éveille en toi une faim insatiable.

Andreas secoua la tête.

— Qu'éprouves-tu lorsque tu te tiens tout contre elle et que tu sens la chaleur de son corps ? Qu'éprouves-tu lorsque tu la touches ? Lorsque, en toute confiance, elle ferme les yeux et t'offre sa gorge et qu'alors de tes lèvres tu frôles sa peau si douce ? soupira Damian comme si la scène se déroulait actuellement devant lui.

Andreas sentit aussitôt la transformation s'opérer en lui. Il tentait de lutter. En vain.

— Voilà. Tu peux constater par toi-même, mon très cher ami.

Damian était si près de lui que leurs visages se touchaient presque. Il laissa glisser un doigt sur les lèvres d'Andreas et esquissa un sourire :

— Tu m'as manqué.

Andreas le repoussa.

— Tu sais que j'ai raison.

Damian s'adossa au mur, un sourire satisfait aux lèvres.

Andreas lui tourna le dos. Il ne supportait plus de le voir, il ne supportait plus sa présence, car, oui, Damian avait raison. Il était obligé de se tenir à distance de Sara, pour ne pas lui faire de mal.

CHAPITRE XVII

Le sourire aux lèvres, Sara s'étira, puis rêvassa un peu, observant la poussière danser dans un rai de lumière près des portes du balcon.

Elle gagna la salle de bains, le cœur enjoué, et se glissa sous la douche. L'eau lui procurait une sensation merveilleuse contre sa peau. Chaude et douce à la fois. Elle ferma les yeux, le visage levé sous le pommeau de douche, afin de mieux recueillir toute cette eau qui ne lui faisait plus peur.

Elle n'avait plus peur de l'eau. Elle avait vaincu sa phobie, car elle en avait enfin découvert l'origine.

Soudain, elle se rappela tout ce qui venait de se passer. Ce n'avait pas été un rêve. C'était réel, bel et bien réel. La veille, tout – les vampires, Thérèse, la peinture – semblait aller de soi. Mais maintenant ? C'était presque impensable.

Une fois essuyée et habillée, elle s'apprêta à descendre à la cuisine.

— Sara, il va falloir qu'on parle toutes les deux, lui lança Vivian.

Sara se contenta de secouer la tête sans répondre et continua son chemin. À son grand soulagement, Vivian ne l'avait pas suivie.

Après qu'elle eut pris son petit déjeuner, elle sortit dans le jardin où elle retrouva son père, assis à l'ombre, qui relisait son manuscrit. Il leva la tête à son approche.

— Ça y est, tu es levée ?

Sara acquiesça puis s'assit dans l'herbe à côté de sa chaise. Elle parcourut des yeux l'étendue du jardin. Lorsque son regard tomba sur l'étang, elle ne put s'empêcher d'éprouver des sueurs froides.

— Tu vas mieux ce matin ?

Elle fit un signe de tête en guise d'approbation.

— Tant mieux ! Ah, au fait… Vivian m'a montré la peinture, ajouta-t-il en reposant le manuscrit sur ses genoux.

Elle lui adressa un regard noir.

— Tu as vraiment fait un travail extraordinaire. Je suis très fier de toi. Qu'est-ce que tu comptes faire maintenant ?

Sara n'en croyait pas ses oreilles : comment son propre père pouvait-il ne pas voir la ressemblance entre elle et la femme représentée sur le tableau ? Elle haussa les épaules.

— La toile est abîmée en plusieurs endroits et il faut que je m'y attelle. Il manque aussi un peu de peinture ici et là, sans parler d'une petite déchirure que je dois réparer. Mais j'ai décidé de faire une pause aujourd'hui. Il fait trop beau pour s'enfermer.

— Tu as diablement raison.

Il reprit sa lecture.

Dans des circonstances normales, il lui aurait demandé quels matériaux elle songeait utiliser. Mais visiblement, il était trop accaparé par ses pensées pour s'en préoccuper.

— Tu as remarqué combien la femme sur la toile te ressemble ?

Elle ne sut quoi répondre.

— En fait, je crois qu'il s'agit d'un portrait de… comment s'appelait-elle déjà ?… la fille du riche propriétaire… ah voilà ! Thérèse ! C'est un portrait de Thérèse, me semble-t-il. Tu imagines ? Si tu as été autrefois la fille d'un riche bourgeois, tu es tombée bien bas depuis, non ? Tu as même coulé à pic !

Il éclata de rire, persuadé d'avoir fait la blague du siècle.

Elle rit à son tour, dans l'espoir qu'il change de conversation.

— Et rends-toi compte ! Tu restaures ta propre image dans la maison où tu as vécu ! Tu ressuscites deux fois !

— Oui, très drôle ! Bon, je crois que je vais aller profiter un peu du soleil.

Elle se hâta de rejoindre la terrasse où elle s'effondra sur une chaise longue. Elle n'avait aucune envie de s'expliquer. Elle voulait savourer seule son secret, et personne n'avait le droit de le détruire.

Son bain de soleil dura deux heures, jusqu'à ce que la chaleur l'oblige à rentrer. Elle avait soif et prit la direction de la cuisine, en fredonnant. Elle s'arrêta, abasourdie, en découvrant son père et Vivian l'un contre l'autre près de la table de la cuisine.

Ils s'embrassaient.

Elle se retira aussitôt dans le hall.

Comment pouvait-il ? Son *père* ! Lui, avec cette vipère !

Elle revint alors sur ses pas et ouvrit la porte, avec fracas cette fois-ci. Vivian et Frank s'écartèrent aussitôt l'un de l'autre.

Sara esquissa un sourire innocent et fonça droit vers le frigidaire pour prendre le pichet de jus de fruits.

Son père se remit à beurrer les tartines pour le déjeuner. Vivian lui tournait le dos et observait Sara.

— Au fait ! Vivian m'a dit que tu étais encore

debout au petit matin, Sara, dit-il en posant les tranches de pain noir sur une assiette.

— Vraiment ?

Elle rendit à Vivian son regard glacé et s'assit à la table.

— Oui. Il paraît que tu étais en train de discuter avec quelqu'un. C'est vrai ?

— Tu sembles drôlement bien informé. À croire que tu t'es constitué une véritable armée d'espions !

Elle se pencha contre le dossier de sa chaise et suivit des yeux Vivian qui sortait avec son verre et son assiette.

— Alors ? Avec qui parlais-tu cette nuit ? insista-t-il.

— Avec l'espionne en chef !

Il haussa les épaules et retourna à ses tartines.

Sara ne comprenait toujours pas comment il avait pu laisser une parfaite inconnue s'immiscer entre eux et les séparer. Quelle serait sa réaction si elle lui disait que Vivian utilisait la maison – *leur* maison – uniquement comme « base » ? Une base pour faire quoi, d'ailleurs ? Mais après tout, cela lui était égal, désormais, qu'il la croie ou non.

En revanche, elle ne laisserait pas faire Vivian, quel que soit son plan. Elle décida d'avoir immédiatement une petite conversation avec elle.

Sara trouva Vivian à proximité de l'étang.

— J'aimerais te parler.

Vivian se retourna, la surprise se lisait sur son visage. Elle dit en souriant :

— C'est nouveau, ça !

— Arrêtons toute cette comédie, Vivian, tu veux bien ? Je ne t'aime pas. Tu utilises mon père, et je veux que tu t'en ailles d'ici.

— OK. J'apprécie ta franchise, Sara. Même si tu ne m'aimes pas, moi, je t'apprécie.

Sara écarquilla les yeux.

— Tu ne viens pas de me demander d'arrêter de jouer la comédie ? Voilà, je le fais. Je sais que tu étais avec quelqu'un cette nuit. Et j'ai l'intime conviction qu'il n'était pas tout à fait humain. Appelons-le, histoire de simplifier, un… vampire.

— Un vampire ? Mais tu es folle ?

— Arrête, Sara ! Je le sais. Je ne me trompe pas. Je le vois dans tes yeux. Tu ne crois pas qu'après tant d'années j'ai acquis une certaine expérience en la matière ?

— Je ne vois pas du tout de quoi tu parles.

Sara recula. Ce n'était peut-être pas une si bonne idée de parler avec Vivian. La jeune femme la rattrapa.

— Ne t'approche pas de lui. Il va te faire du mal.

Sara essaya de se libérer, mais Vivian la tenait fermement aux épaules.

— Dis-moi ce qu'il mijote. Crois-moi, après, il ne t'embêtera plus.

— Qu'est-ce que tu veux dire ?

— Je suis une chasseuse de vampires, comme tu m'as fort justement qualifiée hier. Et une chasseuse, c'est bien connu, ça tue.

— Tu es complètement timbrée !

Sara avait peur d'elle, désormais. Il était certain que Vivian n'abandonnerait pas avant d'avoir atteint ses objectifs. Tuer Andreas en faisait partie. Or, de quoi serait capable cette tueuse si elle, Sara, lui faisait obstacle ?

— Je ne connais aucune espèce de vampire. Je n'y crois même pas, fit-elle sans conviction, persuadée que Vivian ne la croirait pas.

— Je vais te raconter une histoire passionnante, ma chère Sara. En plus d'être passionnante, elle est vraie ! Écoute-moi bien.

Sara n'osa piper mot.

— J'avais deux sœurs. Toutes deux ont été prises par des vampires. Et elles sont allées vers eux de leur plein gré ! Une fois contaminées, elles semblaient déambuler, hors du monde, les yeux brillants – exactement comme toi. J'ai essayé de les prévenir, mais elles refusaient de m'écouter. Elles disaient qu'elles se sentaient vides lorsqu'elles n'étaient pas en compagnie de leurs soi-disant amants. Toujours est-il qu'elles étaient plus que vides quand la police a retrouvé leurs cadavres quelques semaines plus tard. Elles étaient quasi... méconnaissables. Leur corps était constellé de petites piqûres, de petites morsures. Même leur visage...

Vivian se tut et essuya ses larmes. Elle tenta de reprendre contenance, et sa voix retrouva une intonation normale.

— Je ne permettrai pas qu'il t'arrive la même chose ! Les vampires sont des créatures nuisibles, Sara. Ce ne sont rien d'autre que des parasites qui prennent un plaisir pervers à tuer des innocents.

— Je suis désolée, mais je ne crois pas aux vampires, murmura Sara.

Vivian se frotta les yeux et se ressaisit.

— Ne dis rien à Frank, s'il te plaît.

— Peu importe ce que je lui dis, de toute façon il ne m'écoute pas.

Elles montèrent la côte ensemble, sans plus échanger une parole.

CHAPITRE XVIII

Dans le courant de l'après-midi, on sonna à la porte et Vivian alla ouvrir. Quelle ne fut pas sa surprise en découvrant Claus sur les marches !

— Qu'est-ce que tu fais là ? Je croyais t'avoir dit de…

— Je les ai localisés.

— Non ?!

Il secoua la tête.

— Mer-veil-leux ! Tu as contacté les autres ?

— Oui. Le rassemblement est prévu demain matin de bonne heure. Et toi ? Comment vas-tu ? Ton dos ?

La mine inquiète, il la fixait de ses petits yeux pâles.

— Je ne sens quasiment plus rien. C'est quand même génial que tu les aies déjà trouvés !

— Tu ne prends pas trop de pilules ?

Elle fit signe que non.

— En principe, avec des blessures comme les tiennes, tu devrais ressentir des douleurs pendant des semaines. Combien de pilules as-tu avalées ?

— Écoute, Claus, maintenant tu me fiches la paix. Je suis claire ?

— Il ne faut pas plaisanter avec la morphine. Tu ne ressens pas d'effets secondaires ? Nausées, vertiges ? Pas d'hallucinations ?

— Je te dis que non ! Je sais ce que je peux supporter. Et crois-moi, ça n'affecte pas ma concentration. Et puis je n'ai pas envie de ressembler à une invalide quand j'ai un boulot à…

Elle se tut lorsqu'elle vit Sara et Frank entrer dans le hall.

— On se disait bien qu'on t'avait entendue parler avec quelqu'un, dit le père de Sara, et il adressa un sourire amical à Claus.

— Frank, je te présente Claus, un vieil ami que j'ai rencontré à l'armée.

— À l'armée ?

— Mais oui ! J'ai servi pendant cinq ans. J'ai même été sergent ! Mais la vie militaire était d'un tel ennui que j'ai préféré démissionner en emmenant avec moi la montagne de muscles que voilà, expliqua-t-elle tout en donnant une tape amicale sur l'épaule de Claus.

Elle tourna son regard vers Sara, appuyée contre la rampe de l'escalier, et ajouta, la mine soudain déconfite :

— Claus, je te présente Sara, la fille de Frank. Elle est contaminée par les vampires.

Claus hocha la tête, le visage grave, tandis que le père de Sara les regardait l'un après l'autre, sans comprendre. Sara devina la nature de ses pensées : « L'armée ? Que faisait-elle dans l'armée ? Et qu'est-ce qu'elle sous-entend par… comment a-t-elle dit déjà… "contaminée par les vampires" ? » La voix de Claus mit un terme à ses réflexions :

— Tu as eu des contacts physiques avec eux ?

— Avec qui ?

— Les vampires !

— Attendez une minute ! coupa Frank. Est-ce que quelqu'un veut bien m'expliquer ce qui se passe ici ?

— Il se passe qu'il y a des vampires dans les environs, Frank, précisa-t-elle avec un haussement d'épaules, comme si elle voulait s'excuser, comme si c'était sa faute à elle s'il en restait encore.

— Des vampires ?!

Il lui jeta un regard incrédule, et sembla encore plus désemparé lorsque Vivian acquiesça.

— Vous savez ce qu'on va faire ? On va tous s'installer dehors avec un bon jus de fruits rouges pour discuter un peu de tout ça, proposa-t-il avant d'aller à la cuisine.

Ils s'assirent à l'ombre des grands arbres du jardin d'où ils avaient une vue plongeante sur l'étang. Ils sirotaient leur boisson en silence, puis Frank prit la parole :

— Alors ? Qu'est-ce que c'est que toute cette histoire ?

— Je n'en avais pas parlé jusqu'à présent, mais en fait, je suis chasseuse de vampires. Je dirige un petit groupe de volontaires qui, tous, d'une manière ou d'une autre, ont vu leur vie détruite par les vampires. Et nous… nous allons riposter, tu peux me croire, répondit Vivian, et elle posa sa main sur la sienne.

Frank éclata de rire, pour se taire aussitôt en constatant que les autres ne trouvaient pas ça drôle du tout.

— Arrête ! Des vampires ! dit-il avec une moue moqueuse. Vous croyez pouvoir m'embobiner aussi facilement ?! Vous avez tous les trois inventé cette histoire pour me faire marcher !

Il tourna nerveusement son verre de jus de fruits entre ses mains, si bien que le liquide rouge déborda et se mit à dégouliner le long de ses doigts.

Vivian se leva lentement et remonta sa chemise. Elle souleva les bandages qui lui entouraient le dos, avant d'ajouter, d'une voix douce :

— Qui est capable de m'avoir fait ça, d'après toi ? Un ours… ou un lion, pourquoi pas ? Mais certainement pas un couteau. C'était…

— … des vampires, termina Frank, si blême que Sara eut peur qu'il ne perde connaissance.

— Exactement ! Mais ceci n'est rien à côté de ce qu'ils auraient pu me faire. Ç'aurait pu être pire, crois-moi.

Vivian se rassit et lui caressa délicatement la joue.

Quelque chose en elle avait changé. Sara était incapable de dire quoi, mais Vivian semblait plus naturelle qu'avant. Cette façade enjouée qu'elle avait adoptée jusque-là s'était envolée et il n'en restait que… que l'humain. Pourtant, Sara se demanda pourquoi son père ne se mettait pas en colère, pourquoi il n'exigeait pas qu'elle quitte les lieux séance tenante. Il voyait bien, maintenant, qu'elle lui avait menti depuis le début ! Mais non, il demeurait là, interdit.

— Je… je ne crois tout simplement pas que… Des vampires ?

Ses yeux papillonnaient, mais finirent par retrouver un semblant de calme lorsqu'ils se posèrent sur Sara et la regardèrent, implorants, comme si elle était en mesure d'arrêter toute cette folie.

— Tu as vu des vampires ? demanda Claus en tournant vers elle ses yeux presque transparents.

— Je ne sais pas de quoi vous parlez ! Les vampires, ça n'existe que dans les films et les livres !

— Sara, parle-lui des deux hommes que tu as vus l'autre jour, dit son père, soulagé qu'il y ait au moins une personne sensée dans l'assistance.

— Tu ne m'as pas crue, si je me souviens bien.

— Mais évidemment, je te crois ! Tu as vu deux types qui étaient déguisés, c'est tout. Ce doit être les mêmes qui ont joué ce sale tour à Vivian, et… et…

Il montra du doigt Claus, dont il ne se rappelait soudain plus le prénom.

Sara avait l'impression qu'il se cramponnait à l'histoire la plus vraisemblable – autrement dit, celle qu'il venait de s'inventer.

— Qui étaient-ils, Sara ? demanda Claus qui ne cessait de la dévisager.

— Des vampires, bien sûr !

Elle ouvrit grand les bras, ce qui les fit tous sursauter.

— Ils mesuraient au moins deux mètres de haut, étaient habillés de longues capes, avaient des yeux rouges et des canines qui leur descendaient jusqu'aux genoux ! Mais non ! Ce n'était pas des vampires ! Juste un rêve, point à la ligne.

— Il pourrait très bien s'agir de deux dingos ! suggéra Frank.

— Les seuls détraqués, ici, ce sont eux !

coupa Sara en désignant Vivian et Claus, avant de se lever.

Elle s'isola tout le reste de la journée. Et les rares fois où elle se montra, Vivian et Claus devenaient soudain silencieux, dissimulant la carte qu'ils avaient déployée sur la table.

Elle savait ce que cela signifiait.

Ils avaient dû repérer la cachette d'Andreas.

Il fallait qu'elle le prévienne. Si seulement elle connaissait le lieu où il se terrait… Si seulement elle pouvait voir à quoi correspondait ce cercle rouge sur la carte… Elle espérait qu'il viendrait la voir à la tombée de la nuit. Mais il viendrait, bien sûr. Ne le lui avait-il pas promis ?

Le soleil commençait à décliner. Sara pénétra dans la pièce où se trouvait la peinture. Elle n'osait pas sortir, par peur de Damian, mais aussi parce qu'elle savait que Vivian et Claus la surveillaient.

Claus… Il s'était installé chez eux, le plus naturellement du monde ! D'une certaine manière, Sara n'en était pas mécontente : peut-être son père verrait-il enfin à quel point Vivian l'utilisait. Mais non ! Il acceptait tout les yeux fermés.

Il avait passé la majeure partie de la journée avec eux, à écouter leurs plans, les yeux de plus en plus lointains au fur et à mesure que les autres poursuivaient leurs messes basses. Il avait à peine porté attention à Sara lorsque, à maintes reprises elle avait tenté de le raisonner. De toute façon, il se moquait éperdument d'elle !

Tout cela l'épuisait, elle ne voulait plus y penser. Le plus urgent était maintenant de prévenir Andreas. Il ne fallait pas que Vivian et Claus l'aperçoivent, quand il viendrait – s'il venait ! Elle avait le curieux pressentiment qu'elle ne le verrait pas, ce soir.

Elle arpenta la pièce de long en large, incapable de s'occuper, de fixer sa pensée sur autre chose que cette attente horripilante. Pourquoi mettait-il tant de temps ?

Tout à coup, elle entendit un léger bruit : on grattait à la porte de la terrasse.

Elle se précipita, rayonnante, pour regarder par la vitre. Elle s'était bien gardée de laisser la porte ouverte, de peur que Damian ne prenne cela pour une invitation. Il faisait noir dans le jardin et, hormis la terrasse et les chaises longues repliées, rangées contre le mur, elle ne vit strictement rien.

Elle avait dû mal entendre. Personne ne l'attendait à l'extérieur. Elle s'apprêtait à se retourner quand un mouvement attira son attention. Elle scruta de nouveau le jardin et, soudain, Damian se tint devant elle, tout sourire.

D'où pouvait-il bien venir ?

Elle fit quelques pas en arrière tout en se persuadant qu'il ne pouvait pas entrer.

Il gratta la vitre de l'index et, l'espace d'un instant, donna l'impression d'être contrarié. Était-il arrivé quelque chose à Andreas ?

Elle s'avança à pas comptés. Quoi qu'il arrive, elle ne lui ouvrirait pas.

— Sara, appela Damian.

La voix de Damian était étouffée par la porte-fenêtre. Elle s'approcha si près que son souffle forma des cercles de buée sur la vitre.

— Il a disparu !

Il secoua la tête, comme si cette seule pensée l'affligeait encore davantage.

— Qui ? demanda-t-elle, même si elle connaissait d'avance la réponse.

— Andreas !

Damian cacha son visage dans ses mains et s'éloigna de la porte.

Sara le regarda : il n'était plus qu'une pauvre silhouette voûtée, enveloppée dans son macfarlane – il lui fit pitié. Damian releva la tête tout à coup, et Sara ne put résister au désespoir de ces deux yeux plongés dans les siens.

— Que s'est-il passé ? demanda-t-elle, au bord des larmes.

— Je n'entends pas ce que vous me dites.

— Que s'est-il passé ? répéta-t-elle, plus fort.

Damian passa une main derrière son oreille, puis haussa les épaules. Il n'entendait toujours pas.

Elle ouvrit la porte, tout en se faisant la promesse de ne pas le laisser entrer. Ce serait elle qui irait vers lui, et non l'inverse.

— Andreas... ?

— Il a disparu.

Damian s'avança tout près d'elle avant de poursuivre :

— Mais *moi*, je ne vous quitterai jamais. Vous souvenez-vous d'autrefois ?

— Tu as tué Thérèse.

Elle s'éloigna de lui quand, dans sa tête, s'imprima le visage terrorisé de Thérèse.

— Non ! Non ! Pauvre Thérèse !

Il baissa les yeux et gémit, les bras repliés contre son torse.

— Je sais que tu l'as tuée, Damian.

— Elle était mon étoile. À sa mort, les ténèbres ont enveloppé ma vie. Et puis vous êtes apparue. Désormais, j'aperçois à nouveau la lumière.

Elle ne le quittait pas des yeux. Il était si différent des fois précédentes où elle l'avait rencontré ; il semblait si... mélancolique !

Néanmoins, elle gardait un vague souvenir de la mise en garde d'Andreas : elle ne devait surtout pas regarder Damian dans les yeux. Comment pouvait-elle maintenant s'en empêcher ? Ils étaient si bleus et l'amour brillait en eux. Elle ne comprenait plus pourquoi elle avait eu si peur de lui.

— Vous souvenez-vous combien vous trembliez dans mes bras ?

Elle fit un lent signe de tête. Elle vit les mains de Damian glisser très doucement sur la gorge de Thérèse ; elle le vit tourner la tête lorsqu'il peignait son portrait. Elle se souvint des frissons délicieux lorsqu'il déposa un baiser sur sa main.

— Venez à moi, Sara.

Il tendit une main vers elle, sans pour autant la toucher, comme s'il ne pouvait franchir la frontière qui le séparait de la maison.

— Non, je ne peux pas. C'est toi… toi qui… qui… murmura-t-elle, toujours en le regardant, désorientée.

Damian esquissa un sourire.

— Venez près de moi et murmurez-moi des mots doux à l'oreille.

Elle sortit sur la terrasse.

Aussitôt, il s'empara de sa main.

Elle n'essaya pas de s'échapper.

— Voulez-vous être à moi ? demanda-t-il à voix basse.

Elle secoua la tête, elle voulait refuser. Mais elle était comme engourdie. Elle devait se souvenir d'un détail, or celui-ci lui échappait dès qu'elle tentait de le formuler.

— Il vous suffit de le vouloir.

Son visage était maintenant si près que Sara pouvait voir le fin duvet qui recouvrait ses joues.

Et tout à coup, elle ne put s'imaginer autre chose, sinon que d'être à lui. Une vie sans lui serait incroyablement vide et… dépourvue de bleu. Elle sourit à ses yeux.

— Je veux…

Alors elle le vit se transformer. Où donc avait-elle vu ce visage étrange par le passé ?

Quelque chose n'allait pas.

Elle savait que quelque chose n'allait pas, mais elle était incapable de réagir.

Elle sentit les lèvres de Damian contre sa gorge.

Il ne devait pas…

Un cri retentit dans le silence.

— Damian, non !

Sara s'écroula sur le sol dallé. Damian fit face à Andreas.

— Toi ! Toi qui ne veux plus d'elle ! Toi qui ne voulais plus jamais la revoir ! aboya-t-il avant de le frapper au visage.

Andreas chancela et tomba à la renverse, projeté contre une jardinière de fleurs. Celle-ci bascula et se fracassa contre le sol où se répandirent terre, fleurs et morceaux de pot cassé.

Encore confuse, sous l'emprise d'une espèce de vertige, Sara se palpa le crâne. Et dire qu'elle avait été sur le point de céder ! Avait-elle été dépossédée de toute volonté ? Pourquoi d'ailleurs se trouvait-elle ici ?

Oh mon Dieu !

— Les chasseurs de vampires ! hurla-t-elle.

— Sara ! Sara ! Quelque chose ne va pas ?

C'était la voix de son père.

Damian saisit Andreas par l'épaule et l'aida à se relever.

— On ne semble guère apprécier notre compagnie, mon cher ami.

Il s'élança, entraînant Andreas à sa suite.

— Sara, quelque chose ne va pas ? cria de nouveau son père.

Elle le vit s'approcher de la porte de la terrasse, suivi de près par Vivian et Claus.

Elle jeta un coup d'œil en direction du jardin où elle distingua Andreas, debout au beau milieu de la pelouse. Qu'attendait-il ? Pourquoi ne fuyait-il pas ?

Il tendit une main vers elle :

— Viens vite !

Et, avant même de comprendre ce qu'elle était en train de faire, elle courut le rejoindre, en dépit des appels de son père, loin, si loin derrière désormais.

Frank voulut les poursuivre, mais Vivian l'en empêcha.

— Tu ne peux plus les rattraper.

— La police ! J'appelle la... la pol... la police ! bafouilla-t-il, en passant une main tremblante dans ses cheveux grisonnants.

— Non, Frank, pas la police. Ils feraient plus de mal que de bien. Ils ne savent pas contre quoi ils se battent ; nous, si. Laisse-nous faire. Nous n'allons pas tarder à te ramener Sara. Tu n'as pas à t'inquiéter.

Il enfouit son visage entre ses mains et se mit à sangloter contre l'épaule de Vivian.

— Allô ? résonna une voix féminine exaspérée à l'autre bout du fil. Allô ?! Il y a quelqu'un ?

— Oh pardon ! Je suis bien au commissariat de police ? bredouilla Frank.

Il ne s'était pas rendu compte que la communication avait été établie.

— Oui ! En quoi puis-je vous aider, monsieur ?

— Oui… Je voudrais… C'est au sujet de ma fille. Elle a fait une fugue.

— Un instant, je vous prie. Je vous mets en relation avec le service compétent.

Frank entendit un clic quand la communication fut transférée.

— Clemmens à l'appareil, dit une voix énergique.

— Ma fille vient de faire une fugue.

Frank était au bord des larmes. Il tenta tant bien que mal de se ressaisir.

— Quel est votre nom ?

— Frank Dam. Ma fille s'appelle Sara.

— Quand est-elle partie, monsieur Dam ?

Frank réfléchit avant de répondre :

— Cette nuit. Il y a de cela… quatre… cinq heures environ.

Frank entendit crépiter le clavier du fonctionnaire de police tandis qu'il rentrait les informations dans son ordinateur.

— Quel âge a-t-elle ?

— Seize ans… et elle est accompagnée de…

— … d'individus peu fréquentables, compléta Clemmens.

— Oui !

— Je comprends ! J'ai moi-même été confronté à ce genre de situation. Je vous promets de tout mettre en œuvre pour la retrouver. Vous connaissez les personnes avec qui elle est partie ?

— Non, non. Hélas ! Mais c'est le genre de garçons aux côtés desquels j'aurais préféré ne pas la voir.

— Ça va pas être de la tarte, mais bon. Donnez-moi son signalement, et je vais immédiatement le transmettre à toutes nos stations et aux véhicules en patrouille.

Frank décrivit Sara à Clemmens, tout en se demandant si elle était ou non en sécurité. Et s'ils la retrouveraient un jour.

CHAPITRE XIX

Le soleil était déjà levé depuis quelques heures lorsqu'une voiture gris métallisé vint se garer à côté du fourgon de Vivian. Quatre hommes en descendirent et, les yeux plissés, examinèrent la maison.

Ils avaient la même carrure athlétique que la jeune femme, manifestement soumis à un entraînement physique aussi quotidien qu'intensif.

Ils gravirent les marches à petites foulées et l'un d'eux frappa à la porte d'entrée.

Vivian ouvrit, souriante.

— Vous en avez mis, du temps !

— Ç'a été un peu compliqué de nous réunir tous aussi rapidement. Nous ne passons pas notre temps à nous surveiller les uns les autres, expliqua le type qui venait de frapper.

— C'est peut-être ce que vous devriez faire !

Elle ouvrit la porte en grand pour les laisser passer.

Ils saluèrent Claus qui, au beau milieu du hall, les attendait, bras croisés.

— Je suis contente de vous voir. Avant de vous briefer, est-ce que l'un d'entre vous a des questions ? demanda Vivian en les fixant les uns après les autres, sans se départir de son sourire.

Personne ne répondit.

— Et toi, Peter ?

Il la regarda, comme effrayé, et se contenta de hausser les épaules à plusieurs reprises.

Vivian se posta devant lui et lui caressa la joue, d'un geste chaleureux.

— Qu'est-ce que tu as pris ?

— Rien ! Je... je... Je prends rien, moi ! bafouilla-t-il, tandis que des gouttes de sueur perlaient à son front.

— Tu sais que je ne veux entendre parler ni de dope ni d'alcool.

Il hocha énergiquement la tête.

— Tu es certain de ne rien avoir à me dire ?

— J'ai juste... fumé un peu.

Il baissa les yeux.

Vivian hocha la tête, et son sourire devint mélancolique. Elle posa une main sur son épaule et l'embrassa sur la joue.

— Tu m'as trahie ! lui souffla-t-elle à l'oreille.

Puis, se détachant de lui, elle déclara d'une voix ferme :

— Tu veux bien partir sur-le-champ, s'il te plaît ?

Elle lui tourna le dos et se dirigea vers Claus.

— Donne-lui de l'argent pour qu'il s'achète un ticket de bus.

— Tu ne peux pas me virer comme ça, Vivian ! Je ne recommencerai plus ! Je te le promets !

— Je n'ai plus confiance en toi, lâcha-t-elle.

Claus le prit par le bras et le conduisit jusqu'à la porte. Il lui donna une somme d'argent suffisante pour lui permettre de se débrouiller pendant plusieurs jours.

— Vous êtes ma seule famille ! cria-t-il lorsque la porte se fut refermée derrière lui.

Il frappa à plusieurs reprises, puis les cognements s'arrêtèrent.

— C'était nécessaire ? chuchota Claus dans l'oreille de Vivian.

Elle acquiesça, les larmes aux yeux.

— Quand on sait que, toi, tu ne peux pas décrocher de la morphine, je trouve quand même que, là, tu exagères un peu.

— Contrairement à Peter, je demeure aussi coupante qu'une lame de rasoir.

— Et la lame de rasoir vient de trancher le groupe de la manière la plus légère et la plus élégante qui soit. C'est toute une journée de préparation foutue en l'air. Impossible de mener l'action aujourd'hui. On va être obligés d'attendre.

Claus fit signe aux autres d'aller les attendre dans la cuisine.

— J'ai peut-être une idée ! s'exclama Vivian.

— Qu'est-ce que tu veux dire ? Nous n'avons personne pour s'occuper du lance-flammes. Sans Peter, l'opération est trop dangereuse !

— Je connais quelqu'un qu'il sera facile de convaincre.

Claus la regarda, interdit :

— Frank ?

Elle approuva.

— C'est trop risqué, Vivian ! Il est à la masse, ce mec. Ça saute aux yeux. On a besoin d'un pro !

— On va faire mieux encore pour lui, Claus. On va lui confier une mission particulière et un groupe pour l'épauler. C'est pour sauver sa fille qu'il va nous aider. Il va être par-fait !

Le fourgon cahotait sur le chemin accidenté. Frank était assis à l'arrière, à côté des trois autres hommes. Il flottait une forte odeur de transpiration.

Assis à même le plancher du véhicule, genoux repliés, leur arme à portée de main, ils sentaient jusque dans leur colonne vertébrale chaque pierre et chaque nid-de-poule que les roues heurtaient.

Frank était incapable de comprendre comment il avait pu se laisser convaincre de participer à leur expédition. Il ferma les yeux et sentit les larmes le brûler derrière ses paupières.

« Tu veux récupérer Sara entière, non ? » lui avait demandé Vivian. Et que pouvait-il répondre sinon l'évidence : oui, bien sûr, il ne désirait pas autre chose.

« Alors, voilà ce que tu vas faire, avait dit un autre. Elle a besoin de ton aide ! Sois notre pilier ! Celui en qui nous pouvons tous avoir confiance. Celui qui tient le lance-flammes. »

Et il avait accepté…

Il observa les visages tendus et silencieux autour de lui, dans la pénombre. Ils semblaient aussi terrorisés qu'impatients. Apparemment, aucun parmi eux n'avait plus ni famille ni amis. Frank les imaginaient vivre exclusivement pour le groupe, pour le vertige de la chasse et… du meurtre.

Il observa le lance-flammes posé à côté de lui. Laissa glisser un doigt sur la surface métallique. Vivian lui avait donné un cours éclair sur le maniement et l'utilisation de l'arme.

Il se souvenait de ses recommandations : ne jamais regarder les vampires dans les yeux, ne jamais évoluer seul, ne jamais paniquer et, le plus important de tout, ne jamais, jamais trahir le groupe.

Le fourgon freina en douceur, et s'immobilisa.

Les hommes à l'arrière entendirent le conducteur descendre puis claquer la portière, et, soudain, le soleil illumina violemment l'intérieur. Frank cligna des yeux et sortit du véhicule, garé à une cinquantaine de mètres d'une maison isolée, délabrée.

Ce devait être là que se cachaient les vampires…

Il se demanda si Sara était avec eux. Vivian le lui avait certifié. Pourtant, elle ne semblait pas si sûre d'elle.

L'air était étouffant. Le soleil brûlait leurs bras nus.

Il fut pris d'un vertige et se vit obligé de se pencher en avant pour que le sang afflue dans sa tête. Il se tint ainsi un petit moment, les mains posées sur ses genoux, le regard fixé sur ses rangers.

Ils étaient tous équipés à l'identique. De longs pantalons militaires noirs, un tee-shirt, un talkie-walkie accroché à la ceinture pour rester en contact les uns avec les autres. Et puis ils portaient ces rangers. Légères en fait, mais ce qu'elles tenaient chaud aux pieds ! Elles enserraient leurs chevilles, montaient jusqu'à mi-mollet, pour éviter les foulures.

Mon Dieu, comme il avait peur ! Il leva les yeux vers le ciel.

— OK ! C'est maintenant. Allez ! *Go !* annonça Vivian d'un air grave.

Elle prit son arbalète, posée à ses pieds sur le chemin, et se mit en marche vers la maison.

C'était une bâtisse à trois niveaux, aux fenêtres condamnées par des planches, aux murs lépreux. Pourtant, elle semblait si menaçante, si imprenable... La porte principale était quasiment sortie de ses gonds et grinça quand Claus l'ouvrit.

Vivian fit signe aux autres qui se séparèrent deux par deux pour encercler la maison.

Frank la suivit. Il connaissait sa place, mais n'était pas certain pour autant de savoir avec exactitude ce qu'elle attendait de lui.

Un bruit sourd résonna au-dessus de leur tête, au premier étage.

— Claus ? murmura-t-elle dans son talkie-walkie.

— Je vais bien. Je suis juste tombé... Qu'est-ce qu'il fait noir ici ! résonna la voix de Claus dans l'appareil.

— Fais gaffe ! Et laisse la lumière éteinte. Je prends la cave.

Elle traversa la pièce en direction de l'escalier menant au sous-sol. Frank la talonnait comme un pantin.

Vivian avançait lentement, aux aguets.

Elle ouvrit tout aussi lentement la porte de la cave avant d'examiner l'escalier qui se perdait dans les ténèbres.

Ils étaient en bas.

Elle en était certaine.

Elle posa un pied sur la première marche.

CHAPITRE XX

Vivian ne comptait plus le nombre de fois où elle s'était risquée à pénétrer dans l'ombre – l'ombre des vampires. Elle avait fini par y être indifférente.

Lorsque les vampires avaient tué ses sœurs, elle avait juré de venger leur mort. Elle avait lu tous les livres sur les vampires. Elle avait cherché toutes les personnes ayant eu un contact avec eux. Puis elle avait comparé leur histoire avec ses lectures. Et elle avait travaillé son corps.

Une année entière lui avait été nécessaire pour être enfin prête. L'attente avait fini par payer. Dès l'instant où elle s'attaqua aux vampires, ils n'eurent pas l'ombre d'une chance. Elle s'était alors rendu compte que le monde avait besoin d'elle, besoin de ce qu'elle faisait. Elle n'était bonne qu'à ça. À chasser.

Et l'ivresse.

L'ivresse que la chasse procurait.

Il n'y avait *rien* de tel !

Elle descendit encore quelques marches et écouta le silence. Elle serra son arbalète. Ses mains étaient humides de transpiration et le métal lisse glissait entre ses doigts. Elle continua son avancée, en essayant de capter ne fût-ce qu'une silhouette dans tout ce noir qui se refermait sur elle.

Soudain, l'éclat d'une griffe trancha l'obscurité et fit basculer Vivian.

Elle poussa un cri de surprise et roula au bas de l'escalier. Elle se cogna la tête à plusieurs reprises, son arbalète lui échappa. Elle ressentit un craquement dans son genou.

Elle resta allongée en bas des marches, incapable de bouger.

Où se trouvait son agresseur ?

L'obscurité était trop épaisse pour qu'elle voie quoi que ce soit. Seuls des petits points brillants dansaient devant ses yeux.

Alors elle distingua… une silhouette opaque – plus opaque que l'obscurité de la cave – qui, à pas lents, s'approchait d'elle.

Elle entendit les pas d'une course dans sa tête. Les autres étaient certainement sur le point d'arriver. Ses mains inspectèrent le sol à la recherche de l'arbalète. Mais, tout ce qu'elle trouva se borna à un petit amas de poussière duveteuse qu'elle envoya valser dans un accès de rage.

La silhouette était maintenant si près d'elle qu'elle entendait son souffle rauque et haletant.

— Frank ! cria-t-elle.

Au son de sa voix, la silhouette se rapprocha encore.

Frank se tenait en haut des marches, tétanisé.

Que devait-il faire ?

Il se sentait totalement désemparé, maintenant que Vivian n'avait plus la situation sous contrôle.

La peur au ventre, il s'enfonça dans les ténèbres.

Pourquoi les autres mettaient-ils tant de temps à venir ? Pourquoi était-ce à lui de prendre les choses en main ?

— Dépêche-toi, Frank ! hurla-t-elle.

Il palpa le lance-flammes et le retourna. Comment le déclenchait-on, déjà ? N'avait-il pas déjà appuyé sur le bon bouton ?

Une flamme bleuâtre déchira soudain l'obscurité et illumina la cave.

Des morceaux de carton qui traînaient par terre s'enflammèrent et l'air se remplit d'une odeur âcre de papier brûlé.

Il relâcha le bouton, pris de panique, et la flamme mourut en même temps que résonnèrent les cris les plus inhumains qu'il ait jamais entendus.

Le vampire qui jusque-là se tenait à côté de Vivian rampait désormais aussi loin que possible de la lumière vacillante, tandis qu'il essayait de cacher son visage et ses yeux derrière des mains d'une étonnante maigreur.

Frank dévala les marches et, abasourdi, observa le vampire. On aurait dit... un être humain. Ce n'était pas un vampire ! C'était juste une femme terrorisée. Mais pourquoi avait-il...

Il fit quelques pas pour s'approcher d'elle et lui tendit une main.

— Nous pouvons vous aider ! murmura-t-il.

Brusquement, le vampire leva la tête et feula vers lui, dévoilant ainsi deux longues canines. Il donna au hasard un coup de griffe qui déchira le pantalon de Frank ; son sang commença à couler, chaud, collant, le long de sa jambe.

Il ne réfléchit pas et appuya sur la détente.

Les flammes enveloppèrent le vampire.

L'espace d'une seconde, il sembla que la créature s'était remise sur pied, comme soulevée par le feu, mais elle finit par s'effondrer sans un bruit.

Frank regarda, hypnotisé, la masse incandescente, tomba à genoux et vomit sur le sol encrassé.

— Merci, Frank, marmonna Vivian qui s'était relevée, malgré son genoux douloureux.

Frank lui lança un regard interrogateur.

Qu'avait-il fait ?

Au même moment, Claus déboula et l'aida à se relever. Il passa un bras autour de sa taille et le soutint jusqu'à l'escalier avant de confirmer qu'il n'y avait plus aucune trace du moindre vampire.

Une fois dans le fourgon, Frank fut submergé par une vague de dégoût : il avait tué !

Il ferma les yeux, mais les rouvrit aussitôt car le visage narquois du vampire se matérialisait derrière ses paupières.

Oh mon Dieu ! Ainsi donc ils existaient… Les vampires ! Et Sara était… parmi eux !

Plus la nuit s'approchait, plus la tourmente se faisait prégnante. Andreas arpentait, inquiet, l'espace réduit de la cave où Sara et lui avaient passé la journée. Il savait qu'il devait la renvoyer, mais il ne pouvait s'y résoudre.

C'était à son tour maintenant de connaître le bonheur – même si ce n'était en fait qu'une question de jours avant qu'elle ne reparte chez son père.

Il avait faim, et il devait mobiliser toute sa volonté pour ne pas céder et attaquer celle qu'il aimait. Cela faisait des heures qu'il ne lui avait pas adressé la parole…

Elle était enfin à lui. Or, alors même qu'il l'avait pour lui et pour lui seul, il ne savait pas quoi lui dire. Et dans quelques jours, ce serait trop tard. Elle aurait filé, et il ne lui resterait que ces maigres journées qu'il n'aurait pas passées à errer, seul et solitaire.

— À quoi penses-tu ? demanda Sara.

Elle avait déjà essayé d'engager la conversation, mais Andreas s'était contenté chaque fois de lui fournir des réponses si brèves et sèches qu'elle craignait d'avoir mal agi.

— Je ne pense à rien, lâcha-t-il en donnant un coup de pied dans un journal froissé qui traînait par terre.

— Je me demande où se trouve Damian…

Elle savait pertinemment qu'Andreas ne voulait pas parler de lui ni prononcer son nom, mais le silence devenait pesant, insupportable.

— Je me fiche de lui !

— Comment est-il possible que tu n'aies jamais dit à Thérèse que tu l'aimais ?

Andreas ferma les yeux et s'abstint de répondre. Pourquoi était-il comme ça ? Pourquoi ne pouvait-il pas se décontracter et discuter avec Sara comme avant ? Après tout, elle était venue à lui de son plein gré… Était-ce là la réponse ? Maintenant qu'elle se trouvait à sa portée, accessible, elle n'était plus un rêve ?

— Oublie le passé, Sara.

— Je n'arrive pas comprendre comment j'ai pu me laisser embobiner par Damian. Il s'en est fallu d'un cheveu que l'histoire ne se répète…

Elle s'acharnait. Elle voulait qu'il lui parle, ou au moins qu'il ait une quelconque réaction.

— C'est incroyable, non ?

— Quoi ?

— Que Damian ait failli m'avoir alors que tu m'avais prévenue, et que j'étais parfaitement au courant de ce qu'il a fait à Thérèse.

— Oui, c'est fou.

Il espérait en son âme et conscience qu'elle aborde un autre sujet de conversation.

— Mais ce sont ses yeux. Ils sont d'un bleu si… merveilleux ! Tu ne trouves pas ? En fait il est…

Elle ne termina pas sa phrase. Andreas s'était mis soudain à déchirer les journaux et les cartons qu'ils avaient posés pour condamner les fenêtres. Qu'est-ce qu'il fabriquait ?

— Le soleil est en train de se coucher, dit-il, soulagé de pouvoir bientôt quitter cette maison, soulagé aussi d'être parvenu à la faire taire.

— Tu es jaloux de Damian. Je me trompe ?

C'était pour elle une évidence désormais.

— Quoi ?

— Tu as l'impression qu'il t'a volé Thérèse,

et tu es persuadé que tu ne lui arrives pas à la cheville. C'est ça le problème en fait, non ?

— Je vais te dire une chose.

Il s'avança vers elle, menaçant.

— Damian est un monstre.

Sara savait qu'il ne pensait pas ce qu'il disait. Le lien qui unissait les deux vampires faisait d'eux plus encore que des frères. Andreas était capable de sentir s'il était arrivé quelque chose à Damian, et il était prêt à tout pour l'aider. Parler ne leur était visiblement plus nécessaire pour savoir ce que l'autre pensait.

Sara se rendit compte qu'elle enviait leur relation. Elle était jalouse.

— Si Damian est un monstre, qu'est-ce que tu es, toi, alors ?

— Je suis affamé !

— Est-ce que Damian a toujours été comme ça ?

Elle savait qu'il aurait mieux valu se taire.

— Pourquoi ?

— Il m'intéresse.

— Vraiment ?

— Oui. Il est si beau, si différent, si dangereux, si…

— Mais alors cours le rejoindre ! cria Andreas, un doigt pointé vers la porte.

— C'est peut-être ce que je devrais faire.

— Parfait ! Je n'ai pas besoin de toi. Je n'ai besoin de personne. Je me débrouille très bien tout seul.

Il cessa tout à coup de lutter contre lui-même et sentit aussitôt qu'il se transformait en vampire. Quel soulagement ! Il fondit sur Sara et l'obligea à se lever en la tirant par les cheveux d'un coup sec.

Épouvantée, elle fixa ses pupilles oblongues qui scintillaient dans la pénombre. Qu'avait-elle fait pour déclencher chez lui une telle réaction ?

— J'aurais déjà dû faire ce que me conseillait Damian : te vider de ton sang !

Il passa une griffe le long de sa gorge et émit un grognement rauque.

— Andreas…

Il dévoila ses canines et la serra contre lui. Il avait déjà dans la bouche le goût de son sang qu'il sentait pulser dans son corps. Qu'il avait faim !

Brusquement, Sara se débattit et se libéra de son étreinte. Elle le poussa si fort qu'elle heurta le mur. Ils s'effondrèrent tous les deux.

Pris d'une fureur incontrôlable, il se mit alors à taper des poings contre le plancher en grognant et marmonnant des phrases incompréhensibles. Il se leva d'un bond et entreprit de dévaster la cave. Tout ce qui tombait entre ses mains était de toute façon détruit par sa faute.

Sara avança à quatre pattes en direction de la porte.

Alors qu'elle l'atteignait, Andreas tomba à genoux, le visage dans ses mains.

— Ne pars pas, Sara, je t'en supplie ! J'ai été seul si longtemps que je... Je ne pourrai pas supporter de te perdre ! Pas une seconde fois !

Sara s'arrêta et le regarda. Elle prit conscience qu'il était un prédateur, et qu'il ne fallait pas plaisanter avec lui.

— Pardonne-moi, Sara !

— Ce n'est pas grave. Il ne s'est rien passé.

— Pas encore. Mais demain ? Et après-demain ?

Il tourna vers elle un visage misérable.

— Ce risque, je le prends ! déclara-t-elle.

Elle esquissa un sourire et ouvrit la porte.

Un vent frais s'engouffra dans la cave.

Andreas se redressa et, d'un bond, s'élança au-dehors.

L'heure de la chasse avait sonné.

La lune était grande et jaune comme un citron contre le ciel bleuté de minuit, tandis que les champs baignaient dans la lumière froide.

Essoufflée, Sara fit une pause pour inspecter les terres basses qui s'étendaient devant elle. Là-bas ! elle l'apercevait. Elle se remit à courir pour rejoindre Andreas qu'elle trouva accroupi dans l'herbe.

Il releva la tête du lapin qu'il tenait entre ses mains pour la regarder, puis essuya d'un geste vif le sang qu'il avait sur ses lèvres.

Sara se demanda pourquoi elle ne trouvait pas cela répugnant.

— C'est toi qui as… tué tous les animaux ?

Il fit signe que non.

— Comment est-ce, de… chasser ?

— Pourquoi cette question ?

— Ça me semble si… beau, d'une certaine manière.

— Et ça l'est vraiment. C'est merveilleux et… (Il ouvrit les bras comme pour s'excuser.) C'est indescriptible.

— Et donc tu n'as jamais…

— Regretté ?

Il secoua la tête et sourit à la lune.

— Une fois ou deux, peut-être. Guère plus. Tu me comprendrais mieux si tu pouvais voir le monde avec mes yeux. Si tu pouvais voir la lumière bleue qui se déverse de la lune. Si tu pouvais voir toute cette vie qui s'en dégage. Toutes ces flammèches rouges et brillantes qui brûlent autour de nous. Si tu pouvais voir tout cela, si tu pouvais en faire l'expérience avec mes facultés sensorielles, alors tu comprendrais pourquoi je ne veux plus redevenir humain, pourquoi j'aime être ce que je suis.

Il détourna le regard puis haussa les épaules.

— De toute façon, c'est sans retour. À partir du moment où on l'a voulu, c'est sans retour.

Sara sentit les larmes venir mais elle cligna des yeux pour les chasser. Elle se rendait brusquement compte qu'ils ne faisaient pas partie du même monde. Ils ne pourraient pas vivre toujours ensemble. Elle allait vieillir, alors que lui resterait le même.

— Et si on allait se baigner ! lança-t-elle.

Elle le prit par la main et l'entraîna derrière elle.

La plage était entourée de dunes parsemées de touffes d'oyats battues par les vents. De petites vagues venaient mourir sur les galets près du rivage.

L'horizon se réduisait à une ligne indistincte dans le lointain, séparant la mer sombre du ciel légèrement plus clair. Un phare clignotait à intervalles réguliers.

Tout en enlevant son short et son tee-shirt, Sara ne quittait pas des yeux cette lumière intermittente et il lui sembla tout à coup tellement loin, ce temps où elle avait encore peur de l'eau.

Elle envoya valser ses tennis et courut dans la mer. Jusqu'à ce qu'elle n'ait plus pied et se mette à nager. Elle se laissa glisser dans les vagues froides qui la recouvrirent complètement. Elle voulut reprendre sa respiration, mais sa bouche se remplit d'eau salée.

Le souffle vint à lui manquer.

L'espace d'un instant, elle fut prise de panique et tenta de toutes ses forces de remonter à la surface. Elle imaginait de longs tentacules gluants se dresser soudain du fond de l'eau et s'accrocher à ses pieds pour la tirer inexorablement. Elle revit le visage épouvanté de Thérèse s'enfoncer sous la surface de l'eau puis lentement disparaître.

Mais la vague s'éloigna et l'air gonfla de nouveau ses poumons. Elle toussa et effectua des battements de pieds comme on le lui avait appris à la piscine, dans le cadre de ces innombrables cours qu'elle avait suivis, intitulés « Apprends à vaincre ta peur de l'eau ». Elle laissa une vague lui passer par-dessus la tête, puis éclata de rire en refaisant surface.

C'était merveilleux !

Elle se retourna et regarda en direction de la plage, où elle distinguait vaguement la silhouette d'Andreas.

— Tu ne viens pas ?

— Non, il vaut mieux éviter, répondit-il avant de s'asseoir sur une grosse pierre près du rivage, où les vagues venaient lui lécher les pieds.

Il savait que Sara venait de prendre conscience du fait qu'ils ne pourraient rester ensemble encore bien longtemps. Il redoutait d'être trop près d'elle et de le lui entendre dire.

« Tu veux la tuer », résonna la voix de Damian dans sa tête.

Tout à coup, il vit Sara à ses côtés, tremblante, qui essayait de remettre son tee-shirt.

— Tu ne peux pas t'imaginer comme l'eau était bonne, dit-elle en claquant des dents et en se frottant les bras pour se réchauffer.

Sa peau mouillée collait à son vêtement par endroits, formant des taches sombres. Grandissant et se joignant les unes aux autres, elles s'écoulaient – pareilles à des gouttes de sang.

Andreas baissa les yeux et se leva. Il ne devait pas avoir de telles pensées quand il n'était pas complètement rassasié. Pourtant, il serait si simple de…

— Réchauffe-moi ! dit Sara en tremblant.

Elle passa ses bras autour de sa taille et se serra contre lui.

Des gouttes d'eau tombaient de ses cheveux mouillés, et Andreas ne put s'empêcher d'imaginer la sensation qu'il éprouverait s'il s'agissait de gouttes de sang – du sang chaud, épais.

Immédiatement il se transforma. Sans vraiment s'en rendre compte.

Il lui caressa la joue tandis que ses griffes glissaient dans les cheveux de Sara comme l'aurait fait un peigne. Il sentait son cœur battre contre sa poitrine. Il en eut le vertige.

Lorsqu'elle leva la tête pour le regarder, il l'embrassa sur la bouche.

Elle sentit les deux canines d'Andreas contre ses lèvres.

Quelle étrange impression…

Elle douta un instant de la décision qu'elle avait prise en se baignant. Et puis non ! Tant pis ! Elle le voulait.

Andreas prit son visage entre ses mains. Sa langue parcourut sa gorge. Elle avait un goût de sel ! Il entendit battre son cœur, et ces pulsations se mirent à retentir dans sa tête.

— Prends-moi, murmura-t-elle.

Il la relâcha aussitôt.

— Non, Sara ! Ne me tente pas !

— Je veux être comme toi ! implora-t-elle, avant de fermer les yeux et de pencher la tête en arrière.

Son cou formait un arc ouvert, séduisant, tendu vers lui.

Andreas prit les cheveux de Sara dans une main et pressa sa bouche contre sa gorge. Ses canines glissèrent dans la peau, et le sang, chaud, doux, s'infiltra par vagues sur sa langue.

CHAPITRE XXI

Sara quitta lentement le sommeil. Elle avait mal dans tout le corps, comme sous l'effet d'une grippe, et la tête lui tournait. Tout était noir autour d'elle. Si noir, si sombre qu'elle ignorait si elle avait les yeux ouverts ou pas.

Puis elle commença à distinguer quelques détails dans toute cette obscurité où elle était plongée. Le plancher en bois, les journaux éparpillés çà et là, des boîtes de conserve rangées dans un coin.

Elle reconnut la pièce, mais était incapable de la situer avec exactitude. Où était-elle ?

Elle réussit, non sans difficulté, à s'asseoir, mais dut s'appuyer sur ses deux mains quand tout se mit à tourner autour d'elle. Elle se sentait bizarre, comme si elle possédait soudain un nouveau corps, un autre corps que celui auquel elle était habituée.

De dehors lui parvenait le pépiement des oiseaux. Et le bruissement du vent aussi, qui glissait dans l'herbe. Elle avait un goût étrange dans la bouche. Un goût de…

Un goût de sang !

Tout lui revint alors en mémoire.

Elle se rappela où elle était. La cave. Cet espace réduit où Andreas et elle avaient passé la journée de la veille.

— Andreas ?

Pas de réponse.

Elle se leva et, s'aidant du mur, se dirigea jusqu'à la fenêtre recouverte de carton et de papier journal. Était-ce l'œuvre d'Andreas ? Et où était-il ?

Elle déchira les journaux jusqu'à ce qu'un des coins cède.

Un rayon de lumière la frappa au visage.

Elle hurla de douleur.

Elle tomba à la renverse, puis se réfugia à quatre pattes dans le coin le plus sombre de la cave. Elle se frotta les yeux, mais la sensation de brûlure ne disparut pas pour autant. Que se passait-il ? Et où était Andreas ? Pourquoi éprouvait-elle ces sensations si singulières ?

Un léger craquement attira son attention et ses yeux repérèrent aussitôt une souris qui venait de s'arrêter devant une pile de journaux.

Avant même qu'elle sache ce qu'elle faisait, elle l'avait attrapée et s'apprêtait à planter ses canines dans l'animal. Elle scruta le petit corps rouge gorgé de sang qui se débattait entre ses doigts.

Choquée par sa réaction, elle rejeta alors le rongeur. Un haut-le-cœur lui monta à la gorge, mais elle n'arriva pas à vomir.

— Que m'arrive-t-il ? marmonna-t-elle avant de ramener ses genoux contre sa poitrine et de se balancer d'avant en arrière.

Où était Andreas ? Pourquoi ne parvenait-elle pas à se souvenir de l'endroit où elle se trouvait ?

Les heures se suivirent et se ressemblèrent, sans pour autant qu'elle y accorde d'attention, blottie dans son recoin sombre. Elle continua seulement de se bercer, en silence, tout en essayant de se persuader que ce n'était qu'un rêve. Un cauchemar dont elle allait très bientôt se réveiller.

Mais elle ne se réveilla pas. Et, au fur et à mesure que s'écoulaient les heures, l'approche de la nuit la trouva plus que jamais désemparée.

Sans avoir besoin de vérifier, elle devina que le soleil s'était couché.

Elle se leva. Le dos plaqué contre le mur.

Il fallait qu'elle bouge, qu'elle s'active. Elle ne pouvait pas rester assise là – impossible. Même si elle ne désirait pas autre chose.

Elle sentit une aspiration. Ou un tiraillement. Ou un appel auquel elle était forcée d'obéir. Provenait-il de la nuit ? de la lune ? ou… de sa faim ?

Elle ouvrit la porte et l'air du soir la heurta de plein fouet. La maison n'était plus qu'une carcasse composée de lambeaux de murs, de fenêtres rouillées, envahie par la végétation. À quelques mètres de là partait un petit chemin gravillonné qui longeait un champ de blé dont les épis attendaient d'être récoltés.

— Andreas ? chuchota-t-elle dans le noir, tout en sachant parfaitement qu'elle n'obtiendrait aucune réponse.

Elle se sentait plus seule que jamais. Seule et vide, comme s'il lui manquait une partie d'elle-même.

Elle se mit en route. L'air frais la réveilla un peu, mais ses idées restaient confuses. Que s'était-il passé ? Elle lutta pour écarter les nappes de brouillard qui embrumaient son esprit, mais seul Andreas, lui et lui seul, lui revenait en mémoire. Pourquoi n'était-il plus à ses côtés ? Avait-il jamais existé ?

— Tout va bien ? demanda une voix qu'elle ne connaissait pas.

Sara se retourna, effrayée, sur le chemin qu'elle était à peine consciente de fouler.

Un jeune homme à vélo venait vers elle et s'arrêta à sa hauteur pour la regarder. L'étonnement se lisait sur son visage, d'autant qu'elle ne répondait pas. Il fit mine de partir quand elle déclara :

— Ne… ne partez pas ! Je… ma cheville…

Elle ignorait pourquoi elle mentait. En revanche, elle savait qu'elle ne devait pas le laisser filer.

— Vous vous êtes foulé la cheville ?

— Non, je n'ai pas l'impression !

Alors elle le regarda dans les yeux.

Il était bien plus vieux qu'elle. Il allait sûrement à une fête, ainsi vêtu d'une belle chemise blanche et d'un pantalon noir.

Sa cravate verte lui fit penser à la corde d'une potence.

— Vous habitez dans les environs ? demanda-t-il en la jaugeant, interloqué.

— Je crois, oui, répondit-elle.

— Vous ne vous rappelez pas ?

Elle secoua la tête.

— Pas vraiment !

Elle ne mentait pas, cette fois. Elle ignorait où elle pouvait bien habiter – si tant est qu'elle ait habité quelque part. Elle ne se souvenait que d'Andreas, de lui et de personne d'autre. Mais il avait disparu.

— Je vais à une fête, pas très loin d'ici. Vous voulez que je vous dépose ? On pourra appeler la police, dit-il sans la quitter des yeux, toujours aussi étonné.

— Oui, ça me semble une bonne idée, acquiesça-t-elle en souriant, même si elle avait surtout envie de pleurer – tout était si étrange…

— Mon vélo ne tiendra pas si vous vous asseyez sur le porte-bagages. Mais on devrait quand même y arriver, ajouta-t-il en sautant de la selle avant de se retourner vers elle. Ce n'est pas tous les jours qu'on croise une jolie fille qui a besoin d'aide !

Elle chercha une réponse amusante à formuler, mais son cerveau était vide. Totalement vide. Elle se remit à marcher en boitant bien plus qu'il n'était nécessaire. Pourquoi ? Ça, elle l'ignorait.

— Tu veux que je te soutienne ? demanda-t-il, inquiet.

— Tu veux bien ?

— Ça ne te dérange pas si je te tutoie ?

— Non.

Elle lui adressa un regard plein de reconnaissance et posa un bras sur son épaule, de telle manière qu'il puisse passer le sien autour de sa taille.

Il se mit à bavarder à propos de choses et d'autres, des vacances, de l'été…

Mais Sara n'écoutait pas.

Elle ne cessait de fixer sa gorge dont les tendons bougeaient au rythme de sa mâchoire.

Soudain, elle vit, sous la peau, le sang qui pulsait.

La silhouette de l'homme ne fut plus que des contours flous.

Que lui arrivait-il ?

Elle se frotta les yeux de sa main libre, mais fut stoppée au beau milieu de son geste en découvrant ses ongles.

Ils n'avaient plus la même apparence que d'habitude. Ils s'étaient transformés en… griffes.

Dans un mouvement de panique, elle s'éloigna brutalement de l'homme qui, surpris, faillit tomber avec son vélo qu'il tenait d'une main.

— Mais qu'est-ce que…

Sara lui feula au visage.

Elle papillonnait des yeux dans l'espoir de retrouver une vision normale – en vain. L'homme se résumait toujours à une masse rouge et indistincte évoluant dans un environnement bleuté et froid. Elle entraperçut une forme rouge derrière ses pieds : une souris rentrait dans son terrier.

— Quelque chose ne va pas ? demanda-t-il.

Sa voix lui transperça les tympans. Désormais, son ouïe était sensible au moindre bruit, jusqu'au jeu du vent dans les branches.

Il fit un pas vers elle.

Sara se redressa.

Sa langue passa sur ses dents. Ses deux canines étaient plus longues, désormais. Pointues, acérées.

Et elle avait faim. Tellement faim qu'elle tremblait de tout son corps.

— J'hallucine ou quoi ?! marmonna le type en enfourchant son vélo.

Elle fondit sur lui avant même qu'il ait eu le temps de poser un pied sur la pédale.

Ils tombèrent sur le chemin et roulèrent dans le fossé.

Il se débattit, mais Sara était bien plus forte que lui. Il avait beau la frapper et lutter, elle réussit à le maintenir plaqué au sol.

À l'aide d'une griffe, elle fit une entaille dans sa gorge et observa, interdite, le sang qui perlait. Elle se pencha sur lui pour lécher les gouttes toutes rouges.

Le sang était amer, rendu amer à cause de la peur.

Mais elle s'en moquait.

Elle enfouit ses dents dans la gorge tiède. Puis les retira brutalement lorsque le sang se répandit dans sa bouche.

Oh mon Dieu ! Que venait-elle donc de faire ?

Les yeux écarquillés de l'homme la fixaient, mais regardaient très exactement un point derrière elle. Il ne bougeait pas. Elle eut peur qu'il fût mort.

Soudain, il hurla.

Sara sursauta, morte de peur. Épouvantée comme jamais. Elle se mit à courir. Elle ne savait pas où elle allait. Elle devait fuir, s'enfuir loin de ce cri inhumain qui sembla la poursuivre à travers la nuit.

CHAPITRE XXII

Sara courut à travers champs, croisa de nouveaux chemins de terre, quand, au bout d'un moment, elle aperçut les lumières d'une petite ville.

Elle se sentait sale à l'intérieur d'elle-même, submergée par la panique. Ses pensées ne cessaient de revenir à l'homme qu'elle venait d'agresser.

Il avait simplement voulu l'aider, et voilà comme elle l'avait remercié !

Son ventre lui faisait l'effet d'un ballon, petit, dur, bondissant de haut en bas dès qu'elle se mettait à courir ; elle en avait la nausée, et sa tête lui faisait horriblement mal.

Toujours au pas de course, elle traversa les rues longées de villas, signe qu'elle n'était effectivement plus très loin de l'agglomération. Elle ralentit au moment d'entrer dans l'artère principale.

Que devait-elle faire, à présent ? Pourquoi était-elle venue ici ?

Elle continua d'avancer et son regard quitta brusquement les pavés pour se figer sur un groupe de gens qui sortaient d'une auberge, en chantant et en titubant.

Elle se sentait exclue, étrangère.

Les néons des magasins coloraient la rue de vagues rouges et bleues coulant en un flot continu pour, au final, former des flaques sombres qu'elle tentait d'éviter.

Elle distingua son reflet dans la vitrine d'une boutique et s'arrêta net. Elle s'approcha et scruta son image.

Elle… elle se ressemblait…

Ses cheveux étaient décoiffés ; ses yeux très grands, apeurés. Mis à part cela, elle correspondait trait pour trait à la personne qui, chaque matin, seize années durant, l'avait observée dans le miroir.

Comme c'était étrange !

Elle plissa le front. Pourquoi ne pouvait-elle pas lire sur son visage ce qu'elle était désormais ? Car elle n'était plus humaine, elle le savait. Mais pourquoi ne ressemblait-elle pas alors à…

À un…

— Petit vampire, je vous salue, résonna soudain une voix familière derrière elle.

À côté de son propre reflet, Sara reconnut celui de Damian, revêtu de son éternel macfarlane.

Elle se retourna comme un automate et le regarda dans les yeux. Pourquoi se trouvait-il là, et non Andreas ?

— Il a tout de même réussi à se ressaisir et à en finir avec tout cela, dit-il davantage pour lui-même que pour elle, avant de se fendre d'un rire sardonique.

— Aide-moi ! l'implora-t-elle, au bord des larmes.

— Vous aurait-il déjà quittée, par hasard ? demanda-t-il, sur un ton débordant d'une compassion exagérée.

Il éclata de rire à nouveau.

— Je savais qu'il le ferait ! Qu'il vous délaisserait…

Elle tendit une main vers lui et saisit sa manche. Mais il fut plus rapide et dégagea son bras, une expression de dégoût dans ses yeux rivés sur le tee-shirt maculé de sang que portait Sara.

— Il ne se montrera plus devant vous, maintenant que vous avez brisé l'illusion de la perfection. Il ne vous veut plus, désormais !

Il lui adressa un rictus glacial avant de la prendre à la gorge.

Les yeux rivés aux siens, Sara découvrit que le regard bleu et perçant de Damian n'avait plus aucun pouvoir sur elle.

— N'ayez pas peur. Je ne tue pas les vampires… Mais peut-être devrais-je y songer sans plus tarder ? Non. Je préfère vous laisser la vie sauve, afin que vous vous voyiez devenir folle. Un vampire qui ne reçoit pas l'assistance d'un maître est purement et simplement condamné. Vous allez peu à peu dépérir. Une douce pensée, non ?

Sara éclata en sanglots. De grosses larmes chaudes coulaient le long de ses joues et laissaient sur sa peau des traces rouges, sanguinolentes.

— Cessez immédiatement ! Et épargnez vos forces. Vous allez en avoir besoin.

— Que se passe-t-il, là-bas ? entendirent-ils quelqu'un crier.

Damian regarda par-dessus son épaule et feula de dépit, avant de s'élancer dans la rue.

Sara était tout à la fois soulagée de le voir s'éloigner, mais désespérée à l'idée de le perdre – voir disparaître celui qui aurait pu l'aider, qui aurait pu lui dire comment elle allait pouvoir se débrouiller, comment elle allait pouvoir redevenir normale… peut-être…

« À partir du moment où l'on a fait ce choix, c'est sans retour », résonna la voix d'Andreas dans ses pensées.

Sans retour…

— Tout va bien ? s'enquit une voix.

Elle regarda s'approcher l'homme en uniforme.

— Oui, je veux juste… rentrer chez moi.

Il faisait bon dans le véhicule banalisé d'où montait une odeur de café. Sara se pelotonna sur la banquette arrière et observa les deux agents assis à l'avant. Ils l'avaient conduite au commissariat, où ils avaient découvert qu'elle répondait au signalement de la jeune fille recherchée. Ils l'avaient questionnée à propos du sang sur son tee-shirt, mais avaient fini par abandonner, étant donné qu'elle se refusait à répondre à la moindre question. Ils étaient arrivés à la conclusion qu'elle était certainement sous l'emprise de drogues quelconques. Elle ne se souvenait même plus de son nom, ni de l'endroit où elle habitait.

Or, ils étaient maintenant en route vers la maison de son père qu'ils avaient contacté depuis le commissariat. Elle redoutait de le revoir, redoutait de ne plus le reconnaître, redoutait qu'il ne veuille plus la reconnaître.

Ses doigts vinrent toucher ses joues, là où les larmes avaient déposé de longues traînées rouges. Elle avait eu la permission de se laver dans les toilettes du commissariat, mais elle ne pouvait oublier son reflet dans le miroir.

Elle pleurait du sang !

CHAPITRE XXIII

Frank attendait dans la cour quand la voiture de police tourna pour pénétrer dans le domaine. Il suivit des yeux les cercles de lumière formés par les phares avant. Il était tendu. S'agissait-il bien de Sara ? Ou la police faisait-elle erreur ?

Le véhicule s'arrêta à sa hauteur et un agent descendit.

— J'espère seulement que c'est votre fille que nous vous ramenons, dit-il en ouvrant la portière arrière.

Frank se pencha, brûlant d'impatience, pour regarder à travers la vitre. Et, rayonnant de joie, tendit les mains pour accueillir Sara.

Elle quitta lentement la chaleur confinée de la voiture et sortit dans l'air frais. Elle adressa un regard craintif à son père, que, tout d'abord, elle ne reconnut pas ; et, lorsque aussi vite la mémoire lui revint, elle se jeta à son cou.

Il la serra dans ses bras et remarqua chez elle un changement, sans pour autant être mesure d'en indiquer la nature. Mais quelle importance, puisqu'elle lui était revenue !

— Nous reprendrons contact avec vous dans les prochains jours pour le suivi de l'affaire, déclara l'agent avant de regagner le véhicule.

Son collègue, derrière le volant, donna un coup d'accélérateur et ils s'éloignèrent.

Frank porta Sara, toujours lovée contre lui, jusque dans la maison.

Vivian attendait dans le hall, avec le reste du groupe. Elle avança aussitôt vers Frank et passa une main sur les cheveux de Sara en marmonnant :

— Encore une tragédie…

Frank s'écarta d'elle, étonné.

— De quoi parles-tu ?

Sara se libéra de son étreinte et s'assit à même le sol. Elle dévisagea les mines patibulaires tout autour d'elle, et elle sut instantanément qu'elle n'aurait jamais dû revenir.

Puisqu'ils n'étaient rien d'autre que des chasseurs de… vampires.

Prise de panique, elle recula. Qu'avait-elle fait ? Ils voulaient la tuer, cela ne faisait pas l'ombre d'un doute. Son cœur se mit à palpiter à toute vitesse, jusqu'à lui faire mal, et, sans qu'elle puisse se contrôler, elle se transforma.

— Sara ? dit Frank en faisant un pas vers elle.

Mais elle continua de reculer, en feulant cette fois-ci.

La lumière électrique gênait sa vision, liquéfiait tout, rendait indistinctes les formes rouges et chaudes. Elle les voyait se déplacer en formant des gestes saccadés quand, soudain, l'une d'elles se rapprocha sensiblement.

Elle détala aussitôt, la peur au ventre, mais où devait-elle courir ? Elle ouvrit une porte et se rendit compte qu'elle se trouvait dans la pièce où était accroché le portrait de Thérèse.

Elle s'immobilisa pour observer le visage souriant qui ressemblait au sien, et elle tendit une main vers lui. Elle aperçut alors les griffes au bout de ses doigts ; la colère et l'impuissance la submergèrent.

Elle détacha son regard de la peinture. Désormais, elle n'était plus ni Sara ni Thérèse. Elle était *vampire* ! Un monstre répugnant et assoiffé de sang.

Elle leva la main et lacéra la toile pour que ce visage respirant le bonheur ne la regarde plus. Elle renversa la peinture ravagée et se pelotonna dans le coin le plus sombre de la pièce. Il ne servait plus à rien d'essayer de s'enfuir.

— Mais c'est ma fille, nom de Dieu ! entendit-elle Frank crier.

Elle était dorénavant incapable de le considérer comme son père. Tout était changé. Sara était morte, comme Thérèse était morte avant elle. Il ne restait qu'une coquille vide.

Frank entra dans la pièce et s'accroupit devant elle pour lui caresser les cheveux.

— Viens, ma chérie. C'est l'heure d'aller se coucher, tu es épuisée.

Il la souleva et la porta jusque dans le hall où se tenaient toujours Vivian et les autres. La jeune femme le suivit jusqu'au premier étage puis dans la chambre, où il déposa Sara sur le lit.

— Elle ne peut pas rester ici, Frank !

— C'est ma fille !

— Plus maintenant ! Elle est comme ce vampire dont tu as débarrassé le monde.

Sara lança un coup d'œil médusé à Frank. Avait-il tué un vampire ? Était-il avec *eux* ?

— Nous sommes dans la partie depuis plus longtemps que toi, Frank. Faisons ce qui est juste, poursuivit-elle, sans obtenir de réponse.

Elle posa une main sur son épaule avant d'ajouter :

— Je sais bien qu'elle a l'air inoffensif en ce moment, mais interroge-toi sur l'origine du sang sur son tee-shirt.

— Arrête !

Frank pressa ses mains contre ses oreilles, le regard désespérément rivé à celui de Vivian.

— Tout est ta faute ! Si tu n'avais pas…

Sara descendit du lit et s'installa dans le coin le plus éloigné d'eux. Leurs voix lui transperçaient les tympans et ajoutaient à la confusion qui en elle était déjà grande.

Pourquoi Andreas ne venait-il pas l'aider ?

Elle se mit à pleurer.

Vivian tourna les yeux vers elle et fronça les sourcils à la vue des joues tachées de sang.

— Oh mon Dieu !

Frank se précipita auprès de Sara, mort d'inquiétude. Il avait beau essayer d'enlever ces traces de sang, tout ce qu'il arrivait à faire, c'était de les étaler encore davantage sur le visage de Sara. Alors, il vit deux gouttes rouges apparaître au coin de ses yeux et couler le long de ses joues. Frank recula, horrifié.

— Ma petite fille, murmura-t-il en se retournant vers Vivian comme pour lui demander de l'aide.

— J'ignorais qu'ils pouvaient pleurer.

Vivian s'avança d'un pas résolu vers les portes du balcon et tira les rideaux.

— Le soleil va bientôt se lever. Vite ! Donne-moi le dessus-de-lit.

Frank lui tendit la couverture rouge ornée de fleurs, tombée au bas du lit. Elle l'accrocha à la tringle à rideaux de manière à ce que la lumière n'entre pas dans la chambre.

Frank se mit soudain à rire et à pleurer.

— La vie n'est-elle pas merveilleuse ?

Vivian le prit dans ses bras, lui caressa doucement les cheveux et l'embrassa pour le consoler, comme elle l'aurait fait pour un enfant.

Sara les observa et se sentit loin d'eux comme jamais auparavant. Elle ne pourrait jamais plus faire partie de leur monde. Jamais plus ?

— Pourquoi Sara ? Pourquoi ma petite fille ? sanglotait Frank, le visage enfoui dans l'épaule de Vivian.

— Allons nous coucher. Nous avons besoin d'une bonne nuit de sommeil.

Elle éteignit la lumière et ferma la porte derrière elle. Sara resta seule, assise dans son coin. Elle entendit la clé tourner dans la serrure, et Vivian préciser :

— Une porte fermée à clé n'est nullement un obstacle pour un vampire. Mais tant qu'elle restera au calme, les autres ne pourront rien lui faire.

Sara se roula en boule. Les autres vampires traversaient les portes sans la moindre difficulté – elle non. Elle ne savait pas comment faire.

« Un vampire qui ne reçoit pas l'assistance d'un maître est purement et simplement condamné », résonna dans sa tête la voix de Damian. Elle ferma les yeux, dans l'espoir qu'elle s'endormirait et n'aurait plus jamais besoin de se réveiller.

Sara se tenait devant le portrait de Thérèse. La peinture n'était pas tout à fait sèche et les couleurs brillaient, éclatantes, comme si le tableau venait juste d'être terminé.

Or, au moment où elle levait la main vers lui, le bouquet de lis blancs que Thérèse tenait dans ses mains fana, et des larmes de sang commencèrent à rouler le long de ses joues puis à dégoutter sur la blancheur de sa robe, maculant de rouge le visage ombré d'Andreas.

— Regarde ce que tu as fait ! entendit-elle Andreas la réprimander, surgissant de l'obscurité.

— Vous l'avez complètement détruit ! continua Damian, qui apparut du côté opposé.

Les deux vampires s'approchaient, l'accablaient de reproches.

— Je ne l'ai pas fait exprès, se défendit Sara.

Mais ils ne l'écoutaient pas. Elle entendit le froissement du vêtement de Damian quand il la dépassa, pendant que l'odeur du chewing-gum d'Andreas lui montait aux narines. Il était si près d'elle qu'elle distinguait la moindre sinuosité de sa cicatrice. Elle voulut qu'il la prenne dans ses bras, elle voulut se blottir contre lui, lui dire qu'elle ne souhaitait pas autre chose sinon demeurer à ses côtés ; mais elle était incapable de bouger.

— Tu as tout détruit ! Et j'espère ne plus jamais te revoir !

Le ton de sa voix était glacial, trop froid pour être le sien, mais suffisamment pour s'apparenter à celui de Damian.

— Non !

Au prix d'un effort considérable, Sara leva la main pour le toucher, mais celle-ci traversa le corps d'Andreas.

Il lança un rire sardonique et disparut comme par enchantement, tandis que ses paroles flottaient encore dans l'air tel un parfum :

— Petite sotte !

— Vous voyez bien que j'ai raison, lui souffla Damian en faisant un pas vers elle.

Il lui caressa la joue puis, les yeux fermés, lécha ses doigts rougis par les larmes de Sara.

— Aide-moi, Damian ! gémit-elle.

Il éclata de rire et se mit à tourner, à tourner encore et encore autour d'elle, jusqu'à ce que Sara ait l'impression que c'était le monde entier qui tourbillonnait.

Soudain, il l'attrapa par la taille et la souleva.

— Voici votre domaine !

Il la déposa dans ce qu'elle découvrit être, à sa plus grande stupéfaction, un cercueil.

Le couvercle se referma en produisant un bruit assourdissant.

Sara sonda l'obscurité et sourit, soulagée. Dieu soit loué, ce n'était qu'un rêve ! Tout était comme avant. Elle se passa une main sur les yeux et se redressa. Pourquoi était-elle allongée par terre ?

Elle ne se sentait pas vraiment dans son assiette : elle avait la tête lourde et mal aux muscles.

La porte s'ouvrit soudain brutalement et son père se précipita dans la chambre.

— Ça ne va pas, ma chérie ? Tu te sens mal ? Il t'est arrivé quelque chose ?

Son inquiétude exagérée l'amusa.

— Non, je vais bien. J'ai juste… fait un rêve qui semblait si…

Et soudain, elle se rendit compte qu'elle distinguait à la perfection son visage ravagé par l'inquiétude… alors qu'il n'avait pas allumé la lumière.

Oh non !

La silhouette de son père devint floue, pour ne plus former qu'une masse de vibrations rougeâtres.

La gorge de Sara se noua.

Non ! Non !

Est-ce que tout s'était passé pour… pour de vrai ? Elle baissa les yeux et découvrit son tee-shirt souillé de gouttes de sang. Ses doigts effleurèrent les taches séchées. On aurait dit de la peinture.

— Sara, tout va s'arranger, ne t'inquiète pas.

Frank s'avança vers elle.

— Ne bouge pas ! ordonna-t-elle.

Il ne devait pas s'approcher. Déjà, elle sentait ses canines s'allonger derrière sa lèvre supérieure, et elle redoutait de ne pas pouvoir contrôler sa faim.

— Pourquoi, Sara ? Vivian m'a tout raconté. Elle m'a dit que c'est quelque chose que tu as désiré ! Mais pourquoi, nom de Dieu ? Explique-moi !

Dans un accès de colère, il alluma la lumière, si bien que Sara dut protéger ses yeux si sensibles désormais.

— Pourquoi, Sara ? répéta-t-il, toujours en hurlant et en postillonnant.

— Je voulais appartenir à quelqu'un.

Il la regarda, interloqué, et tout d'un coup, sa fureur retomba. Sara remarqua qu'il avait vieilli : ses cheveux étaient plus gris, les rides sur son visage plus profondes.

Il s'effondra sur le lit et enfouit son visage dans ses mains.

— Je n'en peux plus ! D'abord sa mère, maintenant elle ! Je... Pourquoi ? Pourquoi ? Je n'ai rien fait de mal pourtant... murmura-t-il en secouant désespérément la tête.

Sara savait que Damian aurait aussitôt saisi l'opportunité pour planter ses dents dans cette gorge. Mais était-elle comme ça, elle aussi ? Elle l'ignorait. Si elle était affamée, alors... peut-être...

Vivian entra dans la seconde qui suivit. Elle ne dit rien. Se contenta d'aller droit vers les portes-fenêtres du balcon. Elle en arracha le dessus-de-lit et ouvrit.

— Je te donne le choix, Sara ! Soit tu restes, et nous faisons notre possible pour te rendre humaine. Soit tu t'en vas, mais alors tu dois savoir que je ne peux pas te garantir la suite.

Sara courut jusqu'au seuil du balcon et ferma les yeux lorsque l'air frais effleura sa peau. Elle ne supportait plus toute cette haine, tout ce dépit, qui appesantissaient l'atmosphère déjà confinée. Elle remarqua que ses sensations étaient exacerbées. Elle sentait la peur, elle sentait le manque d'Andreas, elle sentait la faim, noyée dans des sensations, des sentiments innombrables qu'elle ne pouvait endiguer.

— Tu crois qu'il existe un… un remède ?

— Je ne sais pas, mais nous pouvons essayer.

— Que dois-je faire ?

Sara songea à Andreas qui l'avait quittée au moment où elle avait le plus besoin de lui.

— La seule chose qui me vienne à l'esprit, c'est… que tu dois t'abstenir totalement de manger.

Sara hésita.

— Je reste.

Au fil des journées qui suivirent, et qui finirent par se fondre en un seul et même flux continu, Sara ne sut ni où ni qui elle était. Elle passait de l'état de vampire à celui d'être humain sans pouvoir se contrôler en aucune manière, tandis que ses forces diminuaient de jour en jour.

Vivian était la seule autorisée à entrer dans la chambre, toujours armée de son arbalète. Seule la présence de l'arme empêchait Sara de s'abattre sur cette forme rouge qui s'approchait d'elle.

— Tu as faim ? demandait Vivian en lui caressant les cheveux.

Sara se contentait d'acquiescer.

— Alors, bats-toi ! Lutte !

Vivian lui parlait toujours d'une voix douce et maternelle.

Sara avait cessé de répondre à ses questions et de ramper vers elle dès qu'elle frappait à la porte, l'ouvrait puis la refermait à double tour. Elle demeurait dans son coin, tentant en vain de se persuader qu'il valait mieux pour elle y rester tapie.

Elle percevait désormais le vague bruit d'une clé tournée dans la serrure, puis celui d'une porte ouverte. Elle avait en permanence un étrange goût dans la bouche, oui, un goût de pourri. Elle se lavait les dents de peur qu'elles ne tombent. De quoi était-elle inquiète ? Elle était en passe de guérir, de redevenir humaine – non ?

Une silhouette sombre s'agenouilla près d'elle.

Claus.

— Sara, il est de mon devoir de te dire que ton père vient de faire une crise de nerfs. Et comme je ne pense pas que Vivian te l'ait dit, je… Je trouve que tu as le droit de savoir. Il va un peu mieux, grâce à des médicaments qui lui permettent de tenir.

Il lui caressa avec délicatesse le sommet du crâne, puis il se leva. Avant de partir, il ajouta :

— Ce n'est pas bien, tout ce que Vivian vous fait endurer.

Il sortit. Elle rampa pour le rejoindre. Elle posa son front contre l'encadrement de la porte et l'entendit discuter avec quelqu'un, à voix basse.

— Je n'en peux plus, Vivian. Je veux arrêter.

— Qu'est-ce que tu dis ?

— Tu vas finir par tuer cette pauvre gamine. Je trouve ça insupportable. Tu as conduit cette famille à sa perte. Tu es allée trop loin, Vivian !

— Je suis désolée, Claus. Mais j'essaie juste d'aider Sara.

— Tu mens ! Tu sais comme moi qu'on ne peut rien changer aux conséquences de son choix.

— Mais tu ne comprends pas ? J'essaie de les sauver. Je protège Frank de Sara. Affamer Sara demeure le moyen le plus doux pour la tuer.

Un bref silence s'installa.

Sara pressa son oreille contre la porte. Il fallait qu'elle écoute, qu'elle entende tout. Il fallait qu'elle sache à quel point cette femme était ignoble.

— Tu es malade, Vivian.

— Malade ?

— Oui, de la tête !

— Non, Claus ! C'est le monde qui est malade.

Sa voix se brisa, comme si elle allait éclater en sanglots.

— Je crois que tu ne comprends pas tout à fait combien c'est douloureux pour moi… de me résoudre à tout ça. Mais si moi je ne le fais pas, alors qui le fera ? Maintenant, il faut qu'on parle un peu de tes projets. Tu n'es tout de même pas sérieux quand tu dis vouloir…

Ils descendirent l'escalier et leurs voix devinrent inaudibles. Sara se roula en boule et sanglota. Mais aucune larme ne venait. Elle n'avait plus rien à pleurer et cette sensation effroyable lui montait à la tête, comme si son crâne allait exploser.

Elle ne redeviendrait jamais humaine.

Non seulement plus aucun doute n'était permis, mais elle savait aussi désormais qu'elle était sur le point de mourir.

CHAPITRE XXIV

— Qu'est-ce qu'ils t'ont fait ? dit une voix familière dans l'obscurité.

Sara tourna lentement la tête et tenta de reconnaître la silhouette qui se tenait à quelques mètres d'elle.

— Va-t'en ! marmonna-t-elle avant de fermer les yeux.

Une fois de plus, elle rêvait. Ce ne pouvait pas être Andreas. Pourquoi serait-il venu, après tout ce temps ?

Andreas s'accroupit devant elle et la dévisagea. Malgré la pénombre, il distinguait ses canines qui formaient deux protubérances sous sa lèvre supérieure. Sa tête n'était plus qu'un crâne enveloppé de peau. Il eut un haut-le-cœur. Qui l'avait réduite à cet état, l'avait soumise à pareille torture ?

Il fit une entaille à son poignet et laissa le sang couler sur les lèvres de Sara.

Elle écarquilla les yeux de stupéfaction et lécha les gouttes qui coulaient sur son menton. Alors c'était vrai : il était venu ! Elle ouvrit la bouche et jouit du plaisir de sentir le sang chaud sur sa langue.

Andreas appuya sur son poignet pour stopper le saignement.

Elle tendit son visage vers lui mais il secoua la tête.

— Il ne faut pas que tu en prennes trop d'un seul coup. Sinon tu vas tomber malade.

Sara sentit ses forces lui revenir et elle se redressa pour s'asseoir – surprise elle-même de constater qu'elle allait déjà mieux. Elle regarda Andreas, et la colère l'envahit.

— Tu m'as trahie ! s'écria-t-elle en le frappant des deux poings.

— Tais-toi !

Il lui rendit son regard ahuri et posa une main sur sa bouche.

— Tu es folle ?! Sortons d'ici, tu me passeras un savon dehors.

Ils entendirent des pas dans le couloir.

Il la prit par la main et la tira pour la forcer à se lever. Ses jambes étaient faibles ; chancelante, elle le suivit jusqu'aux portes du balcon.

Elles étaient fermées, mais Andreas les traversa.

Sara le lâcha et le regarda, médusée, à travers les vitres. Comment... Elle secoua la tête à plusieurs reprises. Non ! Non ! Ce n'était pas possible ! Personne... Elle, en tout cas, n'en était pas capable. Elle n'essaierait même pas.

Elle posa ses mains sur la poignée, mais la porte refusa de s'ouvrir. Elle l'agita autant qu'elle put, et au même moment, quelqu'un entra par la porte donnant sur le couloir. Vivian... se tenait dans l'entrebâillement, pareille à une vague silhouette en contre-jour.

— Souviens-toi de ta promesse, Sara !

Elle aperçut l'arbalète dans les mains de Vivian quand celle-ci s'approcha.

— Tu ne dois pas m'obliger à te faire du mal. Je veux juste t'aider. Alors éloigne-toi de cette porte.

Vivian avança, tendant la main vers elle.

Sara ne réagit pas. Son regard était rivé au pieu enclenché dans l'arbalète et, soudain, elle se demanda comment Frank avait procédé pour tuer le vampire. Avait-il utilisé une telle arme, ou bien... ?

Tout à coup, une main s'empara de son poignet.

Andreas la tira à travers la vitre qui aussitôt se brisa en mille morceaux. Les bris de verre répandus partout sur le sol réfléchissaient la lumière de la lune.

Il l'entraîna jusqu'à la balustrade.

Et sauta par-dessus.

Emportée à sa suite, elle lâcha prise au moment de la chute. Mais, sans même réfléchir, elle se recourba, se retourna en l'air et retomba sur ses pieds avec l'agilité d'un chat.

— Ils sont là ! hurla une voix derrière elle.

Tout changea brutalement autour d'elle quand elle-même se transforma. Elle entendit un claquement et comprit que Vivian avait chargé son arme. Mais contre qui la dirigeait-elle ?

Elle vit le pieu transpercer l'air au ralenti, pour aussitôt reprendre de la vitesse et venir se planter dans la jambe d'Andreas.

Il essaya de se remettre à courir – en vain : sa jambe pliait sous son poids.

Un autre pieu s'enfonça dans le sol à quelques centimètres de sa tête.

Sara jeta un coup d'œil par-dessus son épaule et aperçut deux hommes lancés à leur poursuite. Ils s'étaient certes arrêtés, mais c'était, l'un pour mieux recharger son arbalète, l'autre pour mieux viser.

Sara observa le deuxième homme. Elle vit la sueur perler entre le nez et la lèvre supérieure. Elle vit ses yeux submergés par une peur indicible.

Elle vit ses doigts resserrer leur prise sur l'arbalète. Et elle vit la surprise défigurer l'homme lorsqu'une griffe acérée vint lui trancher la gorge.

Damian !

La cape de son macfarlane voltigea au moment où il fondit sur l'autre homme, qui n'eut pas le temps de comprendre ce qui venait d'arriver : il gisait dans l'herbe sèche, immobile.

Damian courut vers Andreas et saisit le pieu qu'il retira d'un coup sec.

Andreas gémit doucement. Il lança à Damian un regard froid.

— Va-t'en, rugit-il.

Damian passa avec précaution un bras autour de sa taille pour l'aider à se relever.

— Il en vient d'autres ! cria Sara, qui distinguait deux silhouettes rouges courant sur la terrasse.

— Dépêche-toi, dit Damian.

Il soutint Andreas pour que, très vite, ils quittent le jardin.

Ils furent absorbés par l'obscurité et Sara constata que leurs poursuivants avaient abandonné la partie et retournaient maintenant vers la maison. Ils devaient s'être rendu compte qu'une chasse nocturne était une pure folie.

Damian les conduisit dans une grange où il avait déjà passé une nuit. Il aida Andreas à s'asseoir et entraîna Sara de l'autre côté.

— C'était justement cela qui ne devait pas arriver ! Ne le comprenez-vous pas ? Vous avez contribué à sa blessure.

— Et toi, tu t'es trompé sur toute la ligne. Il est venu me retrouver. Il ne m'avait pas tourné le dos. Et la seule chose qui le blesse… c'est toi, Damian.

Les yeux du vampire se rétrécirent et devinrent menaçants.

— Je ne l'ai jamais blessé.

— Ah oui ? Qui est responsable de sa cicatrice ? Qui a essayé de le brûler à mort ?

Damian tomba sur elle à bras raccourcis mais Sara était trop rapide : elle parvint à parer les coups. Ne pas l'atteindre le surprit tant qu'il bascula ; pour la première fois de son existence, quelqu'un l'avait déséquilibré.

— Reconnais que nous sommes semblables, désormais, Damian.

Elle éprouvait un plaisir non dissimulé devant la stupéfaction qui se lisait dans ses yeux, mêlée d'une certaine… douleur ? Elle rejoignit Andreas et s'assit à son côté.

— Je crois que tu me dois une explication.

— Oui, raconte-lui la vraie raison de ta fuite, cher ami !

Damian s'approcha et s'adossa à une poutre.

— Et dis-lui toute la vérité !

— J'en ai bien l'intention.

— Dans ce cas, nous n'allons pas nous ennuyer !

Damian se fendit d'un rictus et croisa les bras.

— Je t'ai quittée parce que ta vue m'était devenue insupportable, dit Andreas en regardant un brin de paille avec lequel jouaient ses doigts.

Sara ne sut pas quoi répliquer. Elle avait surtout envie de vomir. Elle avait vécu avec lui des instants de rare bonheur, s'était sentie pleine et entière, en totale sécurité. Il était son créateur, et le lien entre eux était d'une telle force – une force inconcevable.

Elle jeta un coup d'œil en direction de Damian qui, tout sourire, haussa les épaules comme pour affirmer : « Qu'est-ce que je disais ?! »

— Et puis j'ai fini par comprendre que ce n'était pas toi qui me dégoûtais. Mais moi-même. J'avais commis un acte qui jamais n'aurait dû se produire : je t'avais tuée.

— Tu as seulement fait ce que je t'ai demandé.

— Oui, mais j'aurais dû être plus fort. Alors je me suis puni en m'éloignant de toi ; mais… je t'ai punie par la même occasion. Ce n'était pas mon intention. Me pardonneras-tu ?

Elle acquiesça.

— Vous me donnez la nausée ! lâcha Damian avant de s'éloigner.

Allongé dans son lit, Frank souriait dans la pénombre. Aujourd'hui, il allait s'occuper de Sara, ils feraient quelque chose, une petite balade par exemple, ou…

Mais il se souvint des vampires.

Ils l'avaient prise !

Elle était morte, comme sa mère. Et elles allaient dorénavant revenir le hanter.

Il ramena la couette par-dessus sa tête et plissa les yeux de toutes ses forces pour que leurs visages disparaissent. Mais ils s'imprimaient sur sa rétine, indélébiles.

Il se leva du lit, chancelant, et descendit l'escalier. Il fallait faire quelque chose. Il n'en pouvait plus. Sara devait être anéantie, pour qu'elle ne sorte pas de sa tombe à son tour, comme sa mère avant elle.

Il traversa le jardin au pas de course et, arrivé devant la pierre tombale, il se mit à lui donner des coups de pied en murmurant :

— Va-t'en ! Va-t'en !

Il frappa de plus en plus fort. Les pieds en sang, il exulta et sanglota en même temps lorsque la plaque finit par se renverser.

La nuit débordait de vie, de bruits, d'odeurs et de mouvements. Sara les percevait avec une incroyable clarté, et sentait qu'elle en faisait partie.

Les arbres brillaient de reflets bleus dans les ténèbres d'où se dégageaient des formes rouges : des insectes, ainsi que des petits mammifères.

Elle suivait Andreas en silence. La chasse lui procurait un plaisir immense, une communion d'esprit, et la certitude qu'ils resteraient ensemble pour l'éternité. Plus rien ne pourrait dorénavant les séparer !

L'aube était proche et ils n'avaient pas la moindre idée de l'endroit où ils se trouvaient. Où allaient-ils dormir ? À un carrefour, ils aperçurent un peu plus loin un panneau lumineux tournant sur lui-même, qui indiquait le chemin d'un motel.

Ils coururent à petites foulées jusqu'au parking où n'étaient garées que quelques voitures, puis continuèrent vers les bungalows en bois construits les uns à côté des autres le long du parking. La lumière n'était allumée dans aucun d'entre eux.

Andreas se dirigea vers le plus éloigné de la route et des lampadaires. Il frappa doucement à la porte, mais personne ne répondit ; aussi posa-t-il sa main sur la poignée.

Au même moment, la porte s'ouvrit et ils tombèrent nez à nez avec Damian.

— Par tous les diables ! Que vous pouvez être imprévisibles ! lança-t-il sur un ton méprisant avant de s'écarter pour les laisser entrer.

— On va ailleurs, dit Andreas qui lui avait déjà tourné le dos ; mais Sara l'arrêta.

— Il nous faut un lieu pour dormir.

— Je refuse de passer la nuit avec lui.

— Le soleil va bientôt se lever !

Elle était persuadée qu'Andreas avait senti la présence de Damian – elle-même avait deviné qu'il était ici. Alors pourquoi se ravisait-il ?

Elle passa devant Damian et pénétra dans le bungalow ; l'air y était lourd, confiné.

Andreas la suivit, mais n'accorda aucun regard à Damian.

— Comment es-tu entré ? demanda Sara tout en s'assurant que les rideaux étaient correctement tirés.

Ce geste lui semblait soudain familier, comme si elle n'avait jamais fait autre chose, comme si elle n'avait jamais été que vampire. Le temps d'avant n'était plus important. Le temps en lui-même n'avait plus aucune espèce d'importance. Elle avait l'éternité devant elle, de toute façon.

— J'ai loué ce petit bijou d'architecture, précisa-t-il avant de s'affaler sur l'un des deux lits.

Il tira de sa poche une paire de lunettes de soleil, les ajusta, et marmonna :

— Comme c'est bizarre !

Il tourna la tête de droite à gauche comme s'il ne comprenait pas pourquoi il faisait si sombre tout d'un coup.

— Tu l'as loué ?

Damian acquiesça et retira les lunettes, tandis qu'Andreas le regardait, abasourdi.

— Tu sais bien que si tu loues quelque chose, tu es censé payer pour ça !

— Pourrais-tu me parler sur un autre ton, mon cher ami ?

— Où as-tu dégoté l'argent ?

— D'un jeune homme charmant, qui ne découvrira même pas qu'il ne lui reste plus un centime ; et si jamais il s'en rendait compte, il est maintenant dans un état qui ne lui permet guère de s'en préoccuper.

— Tu l'as tué ?

— C'est mon petit truc à moi, comme tu sais.

Andreas s'allongea sur l'autre lit et inspecta le plafond des yeux. Il ne voulait plus rien entendre. Damian l'avait toujours déçu. Et pourtant, il avait toujours souhaité lui ressembler. Sauf qu'il n'était pas comme lui. Tout s'embrouillait dans sa tête…

Il regarda Sara, occupée à tendre un drap devant la fenêtre. Il ne s'était toujours pas habitué au fait qu'elle était là, et qu'elle serait encore là quand il se réveillerait.

C'est alors qu'une pensée traversa son esprit :

— Tu veux dire que des gens sont au courant de ta présence ici ?

— Oui, l'humaine à qui j'ai donné l'argent. Aucune importance, quoi qu'il en soit.

— T'es dingue ou quoi ? Tu portes une cape !

— Et alors ? C'est interdit ?

— C'est quand même un peu voyant.

— Mais non… Personne ne nous connaît, voyons, ponctua-t-il.

CHAPITRE XXV

— Allô, Vivian ? Peter à l'appareil !

Vivian se frotta les yeux. Il lui fallait une pilule, elle avait trop mal à la cheville.

— Tu me réveilles !

— Je sais. Mais j'ai une grande nouvelle. Tu ne seras pas fâchée. Bon, voilà : j'en ai vu trois.

— Quoi ?

Vivian se redressa aussitôt et les douleurs s'envolèrent.

— Trois vampires !

— Tu es un chef, Peter !

— Tu crois ?

— Mais oui ! Tu es réintégré.

— Oh je te remercie ! Parce que… je sais où ils sont.

Andreas revint lentement à lui. Se réveiller au beau milieu de la journée était toujours une souffrance. En dépit de l'obscurité, il distinguait le corps de Damian, allongé sur le dos dans l'autre lit. Sara était pour sa part lovée contre lui. Il se passa une main dans les cheveux et s'assit. Pourquoi avait-il été réveillé ?

Il se leva et secoua Sara.

— Il se passe quelque chose d'anormal !

Le son de sa voix alerta Damian qui ouvrit les yeux et sourit à Andreas quand celui-ci passa près de son lit pour gagner la porte. Son sourire se figea lorsqu'il croisa le regard inquiet de Sara. Il pivota immédiatement sur lui-même et posa les pieds à terre.

— Qu'est-ce que… commença-t-il, mais il s'interrompit sur un signe d'Andreas.

Une oreille pressée contre la porte, le front plissé, celui-ci écoutait des voix sur le parking. Les phrases étaient incompréhensibles, mais inquiétantes. Il se retourna vers les deux autres :

— Nous sommes découverts !

— Tu dois faire erreur, mon cher ami.

Damian se leva sans que la moindre trace d'inquiétude se lise sur son visage.

Sara prit les lunettes de soleil qu'il avait laissées sur la table de nuit. Elle se faufila jusqu'à la fenêtre donnant sur le parking. Elle entrouvrit le rideau.

Elle dut se mordre la lèvre pour ne pas hurler.

Elle eut l'impression que la lumière du jour lui entaillait les pupilles, pénétrait dans son crâne, martelait sa tête et s'attaquait à chaque terminaison nerveuse.

Le rideau retomba. Sara porta ses mains à ses yeux. En la brûlant, ce qu'elle avait vu s'était imprimé sur sa rétine ; et elle avait beau se frotter les paupières, elle ne pouvait effacer cette vision. Le parking lui réapparut comme le négatif d'une photographie. De cette image se détachaient cinq personnes rassemblées autour d'un fourgon.

Vivian et sa bande !

Elle jeta les lunettes sur le lit et s'efforça de distinguer les deux hommes devant elle, près de la porte.

— Ils sont là ! ânonna-t-elle avant de s'asseoir au bord du lit.

— Malédiction ! fit Damian.

Il se mit à arpenter la pièce.

— Avez-vous vu d'autres véhicules garés dans les environs ? demanda-t-il à Sara – et pour la première fois, ses yeux exprimaient autre chose qu'un sentiment de haine.

— Oui. Il y en a un… devant le bungalow d'à côté.

— Savez-vous piloter ce genre d'engin ?

— Tu veux dire une voiture ?

— Ce serait du suicide ! s'écria Andreas.

Damian le saisit aux épaules.

— Aurais-tu une meilleure idée, mon cher ami ?

Andreas baissa les yeux sans répondre.

— Pensez-vous être capable d'aller jusque là-bas ?

— Si je cours, oui, certainement. Mais… si les clés ne sont pas sur le contact, je ne pourrai pas faire grand-chose.

— Vous voulez bien essayer ?

Elle jeta un coup d'œil interrogateur en direction d'Andreas, mais il ne lui rendit pas son regard. Elle acquiesça.

C'était leur seule chance.

Les chasseurs se tenaient devant le bungalow, leur arme enclenchée. Peter avait croisé les vampires sur le parking et repéré l'endroit où ils se cachaient.

Tous les membres du groupe sans exception étaient plus électrisés que jamais. Ils allaient obtenir leur vengeance !

Quelques clients de la cafétéria, de l'autre côté du parking, les observaient, inquiets et intrigués, mais personne ne fit un geste pour s'enquérir de ce qu'ils préparaient.

Vivian s'empara de son arbalète et cria :

— Allez, on y va ! Maintenant !

Au même moment, ils entendirent une vitre se briser et virent une personne enveloppée dans des draps et dans une cape noire s'élancer de l'arrière du bungalow.

Ce brusque retournement de situation laissa les chasseurs cois et désarçonnés.

Une fumée montait de la cape et propageait une odeur de chair brûlée.

Fébrile, Sara actionna la poignée de la portière, persuadée qu'elle serait fermée. Mais elle finit par céder.

Vivian fut la première à surmonter l'effet de surprise. Elle ajusta son arbalète à hauteur du visage. Et tira. Un pieu fendit l'air.

Sara se jeta à l'intérieur de la voiture et se nicha sous le tableau de bord, devant le siège du conducteur.

Le pieu fit exploser le pare-brise.

Sara poussa un hurlement.

Elle tâtonna autour du démarreur pour trouver les clés. Sa seule préoccupation était maintenant d'échapper le plus vite possible aux brûlures du soleil. Elle sentit des larmes de sang lui couler sur les joues et tacher le drap qu'elle avait noué devant son visage.

Ses mains s'agitaient désespérément sur le tableau de bord.

— Il n'y a pas de clés ! Il n'y a pas de clés ! criait-elle.

Ses doigts effleurèrent alors un porte-clés en forme de patte de lièvre. Elle actionna le démarreur.

La voiture fit une embardée.

Vivian eut le temps de tirer un nouveau pieu avant que Claus ne la pousse sur le côté afin d'éviter la collision.

Sara se redressa sur le siège, remit ses lunettes de soleil qui lui protégeaient tant bien que mal les yeux, et pila devant la porte du bungalow.

Tremblante, elle manipula la portière arrière pour l'ouvrir en grand.

Aussitôt, Andreas et Damian déboulèrent et s'engouffrèrent dans la voiture.

Furieuse, Vivian regarda le véhicule virer dans un crissement de pneus et disparaître dans la campagne.

La première pensée de Sara fut de croire qu'elle était morte. Grandit alors en elle la sensation d'être enfermée dans une peau trois fois trop petite pour son corps.

Elle ouvrit les yeux. Elle était allongée sur la banquette arrière de la voiture dont les vitres, sur leur face extérieure, avaient toutes été obstruées à l'aide des draps du motel, ainsi que de branches de sapin. Cependant, elle sentit que cette précaution n'était plus nécessaire : la nuit était tombée. La pluie tambourinait sur le toit de la voiture, offrant une musique monotone, mais néanmoins agréable.

Elle toucha son visage du bout des doigts. Le contact de la peau était étrange, sans parler de cette vague odeur de brûlé.

Au moins, elle avait réussi !

Et les autres ? S'en étaient-ils tirés eux aussi ?

Elle s'assit en prenant appui sur le dossier de la banquette.

Où étaient-ils ?

Elle ouvrit la portière. Les branches, et les draps à leur suite, glissèrent sur le sol.

L'air frais et saturé d'humidité lui fit du bien. Elle ferma les yeux un instant, avant de descendre du véhicule. Le moindre mouvement était douloureux. Seule la pluie ininterrompue calmait la sensation de brûlure qui envahissait son visage.

Elle aperçut Andreas, assis à l'abri contre un sapin. De Damian, aucune trace.

Elle se faufila à pas de loup vers lui, mais, l'ayant entendue, il se leva pour venir à sa rencontre.

Il la prit délicatement dans ses bras. Elle remarqua qu'il dégageait lui aussi une odeur de chair brûlée.

— On a réussi ?

Il acquiesça.

— Nous trois ?

Il la lâcha, son visage changea du tout au tout.

— Oui ! Damian s'en est sorti lui aussi, hélas. Comme d'habitude…

CHAPITRE XXVI

C'était un vendredi soir, peu de temps après la chute de la première neige. Sara et Andreas descendaient une rue noire de monde, l'artère principale d'une ville.

Certains types lançaient à Sara des remarques stupides, proportionnelles à leur état d'ébriété avancé.

Étrange… Étrange comme elle ne s'était jamais habituée au fait que les autres ne pouvaient voir sa vraie nature. Elle se serra tout contre Andreas et chuchota :

— J'ai faim !

— Moi aussi ! Qu'avons-nous au menu, aujourd'hui ? Un chat ? Un chien ? Ou bien un délicieux petit rat, qui sait ?

Elle rit.

— Qu'est-ce que tu fous ? s'écria une voix.

Sara et Andreas s'arrêtèrent pour jeter un œil dans la ruelle d'où provenait le cri.

— Tu la lâches ou bien j'appelle la po…

Un coup fut assené et une silhouette sombre sortit en trombe de la venelle.

Damian…

Il tomba nez à nez avec eux et ne cacha pas sa surprise :

— Vous ici ? Avant même que vous ne me répondiez, nous devrions plutôt quitter les lieux en vitesse.

— Tu as encore un peu de sang sur… commença Andreas.

Des passants approchaient, curieux. Ils se mirent en marche et Damian lécha le sang qui lui coulait de la commissure des lèvres.

Sara sentit les larmes lui monter aux yeux en le voyant, non seulement parce qu'elle était heureuse de le retrouver, mais aussi en raison de sa piètre apparence : sa chemise blanche était toute froissée, son pantalon élimé et déchiré.

— Qu'est-ce que tu fais là ? demanda Andreas sans lui accorder un regard.

Il aurait dû à cet instant éprouver un sentiment de haine envers l'homme qui, une fois de plus, surgissait dans sa vie, pour la bouleverser à n'en pas douter… Il en était incapable.

— Je ne veux plus être seul ! Et… vous m'avez tant manqué que… eh bien, me voilà ! Sans compter que j'ai trouvé un endroit idéal où dormir.

Ils traversèrent la ville. Après un court silence, ils se mirent à discuter de ce qu'il leur était arrivé à tous les trois durant les quelques mois qui venaient de s'écouler. Sara eut l'impression qu'ils ne s'étaient jamais quittés.

Quand au bout d'un moment les rues furent désertes et les lumières éteintes dans les maisons, Damian les guida dans un dédale de ruelles pour finalement s'arrêter devant un magasin de pompes funèbres.

— Oh ! Fermé pour cause de deuil dans la famille, ironisa-t-il en lisant la pancarte accrochée à la devanture.

Il contourna le bâtiment comme s'il était chez lui, et s'arrêta devant une fenêtre entrouverte.

Ils se faufilèrent par la mince ouverture et se retrouvèrent dans l'enceinte même du magasin. Ils descendirent au sous-sol.

Mal à l'aise, Sara observa les quatre cercueils exposés. Le couvercle de deux d'entre eux, d'un noir laqué, était ouvert, laissant apparaître un revêtement en soie blanche.

— Bienvenue dans mon humble demeure !

D'un bon élégant, Damian sauta dans un cercueil et s'allongea, les bras tendus dissimulés sous les pans de la cape qui, ainsi, semblait lui faire des ailes de chauve-souris.

— Ah ! Mes chers enfants de la nuit ! Quelle douce mélodie à mes oreilles... dit-il en imitant l'accent hongrois de Bela Lugosi[1] dans *Dracula*.

Sara s'en amusa et s'assit par terre, heureuse d'être enfin au chaud.

Andreas empoigna le bras de Damian et le regarda, intrigué. Il semblait transformé.

— Que s'est-il passé ?

— Rien ! J'ai peur, Andreas, rien de plus. Nos âmes sont irrévocablement liées les unes aux autres. Nous ne cesserons de nous retrouver, vie après vie... Je crains seulement que celle-ci ne touche à sa fin. Elle va s'achever pour que commence une nouvelle existence où, je l'espère, nous vivrons plus heureux, tous les trois. Je souhaitais te revoir une ultime fois, mon cher ami.

Il finit par s'extraire du cercueil et caressa les cheveux d'Andreas.

— Ne fais pas cette tête ! Souris, voyons !

Mais Andreas était incapable de sourire. Car il avait eu le même pressentiment. L'impression que leur vie ne serait pas éternelle. Que le temps s'était mis à s'écouler dès l'instant où il avait goûté au sang de Sara.

1. Cet acteur américain, d'origine hongroise, interpréta le rôle du fameux comte Dracula dans un film de Tod Browning en 1931.

— Boire quelque chose vous tenterait-il, peut-être ? demanda Damian, le sourire aux lèvres, en tendant son poignet.

— Non, ça… commença Sara.

Damian secoua la tête avant d'ajouter :

— Moi-même, je suis tellement rassasié que cela me dégoûte…

Elle se leva avec lenteur et s'empara du bras tendu. Elle plongea ses yeux dans ceux de Damian. Ils n'avaient pas perdu leur éclat bleu si lumineux. Puis elle enfonça ses canines dans la chair.

Le sang était chaud et sucré.

Elle ferma les yeux, enivrée du plaisir renversant de sentir qu'une partie de Damian s'écoulait en elle.

Elle se retira quand Andreas posa une main sur son épaule.

— Merci, dit-elle sans regarder ni l'un ni l'autre.

Elle éprouva soudain la même nostalgie que celle qui les accablait. Elle ne savait pas pourquoi, et ne voulait pas le savoir.

— Mon ami !

Damian présenta à Andreas son autre poignet en lui lançant un regard implorant.

Andreas baissa la tête. Sa faim était trop grande. Il succomba.

Et, tandis qu'il buvait, Damian lui caressait les cheveux. Il se pencha sur lui et lui murmura à l'oreille :

— Je les ai toutes tuées par jalousie, Andreas. La seule pensée que tu puisses tomber amoureux de l'une d'elles m'était insupportable. Car aucune n'était en mesure de te donner un amour aussi fort que le mien.

Andreas le regarda, abasourdi.

— J'ai tenté de te protéger.

Damian posa une main sur la nuque d'Andreas et lécha la goutte de sang qui coulait de ses lèvres.

— J'ai toujours…

Il n'eut pas le temps d'achever sa phrase.

Le bruit d'une porte enfoncée au rez-de-chaussée les fit sursauter.

Ils surent tous les trois que c'était… Vivian.

CHAPITRE XXVII

Le soleil venait de se lever, remplissant le ciel de couleurs d'automne. Les premiers timides rayons de soleil chauffaient le fourgon, cabossé avec les années, et illuminaient la devanture de l'entreprise de pompes funèbres.

Les cinq chasseurs de vampires se glissèrent par la porte d'entrée et se dispersèrent dans le magasin. Trois d'entre eux se faufilèrent sans faire de bruit au premier étage, tandis que deux autres évoluaient avec autant de prudence vers l'escalier de la cave.

Damian se précipita sur Sara et la souleva pour la déposer dans un des cercueils laqués.

— Restez allongée et ne bougez plus !

En l'espace de quelques secondes, les images de son cauchemar défilèrent à nouveau dans son esprit : il y avait fait exactement les mêmes gestes. Elle essaya de contrôler sa respiration quand il ferma le couvercle. Elle entendit ses deux amis se cacher, puis des pas dans l'escalier. Des pas hésitants.

Elle ferma les yeux et tenta de se remémorer le visage d'Andreas, mais seules lui revenaient les ombres dans les pans de la robe de Thérèse.

Elle entendit les pas se rapprocher. Mon Dieu… comme elle aurait aimé revoir Andreas. Rien qu'une fois !

Au même moment, le couvercle fut enlevé : un homme se tenait devant elle, armé d'un lance-flammes.

— Je savais que tu ressortirais de ta tombe ! murmura son père.

Il recula de quelques pas et appuya sur le déclencheur.

Damian sauta sur lui si bien que la flamme vint lécher le dessus du cercueil avant d'atteindre le mur et le plafond. La tapisserie et les poutres du plafond prirent feu.

Pas un son ne s'échappa de la bouche de Frank lorsque Damian lui tordit le cou.

Tous les trois entendirent le sifflement d'un pieu fendre l'air.

Damian eut juste le temps de se retourner avant que le morceau de bois ne vienne se planter dans sa poitrine. Il fut projeté en arrière et heurta le mur avant de s'effondrer.

Andreas fonça comme un forcené sur Claus qui se tenait sur les dernières marches de l'escalier, une arbalète à la main. De colère et de désespoir, il lui taillada le visage et la gorge, puis s'empara d'un pieu. Un seul coup lui fut nécessaire pour achever Claus.

Il courut vers Damian et le secoua. Il retira le pieu de sa poitrine pendant que des larmes de sang tombaient sur les yeux fermés de Damian. Alors il se releva et serra Sara tout contre lui.

Ils restèrent ainsi un bref instant, debout l'un contre l'autre.

La fumée était de plus en plus dense. Le feu s'était propagé sur la quasi-totalité du plafond ; un des murs était dévoré par les flammes.

Ils entendirent les chasseurs quitter précipitamment le magasin désormais à la merci de l'incendie.

À cet instant, ils surent qu'ils n'avaient aucune chance d'en réchapper.

Andreas prit la main de Sara dans la sienne puis ils gravirent les marches de l'escalier.

Les flammes léchaient le plancher en bois et enveloppaient la pièce d'une fumée étouffante. Ils distinguaient, à travers ce tapis de fumée, la silhouette de Vivian ainsi que le fourgon noir garé dans la rue. Un attroupement de gens derrière elle observaient la scène tandis qu'au loin le hululement des sirènes devenait plus strident.

— Tu es prête ? demanda-t-il en regardant Sara dans les yeux.

— Avons-nous une âme ?

— Bien sûr ! Tu as entendu ce que Damian a dit ? Nos âmes sont irrévocablement liées les unes aux autres. La dernière fois que nous nous sommes rencontrés, nous n'avons pas eu le temps de vivre ensemble. Pendant les mois que nous venons de passer, nous avons connu le bonheur. Peut-être qu'une prochaine fois nous pourrons partager une vie entière, rien que toi et moi. Qui sait ? Une chose est sûre en tout cas : nous nous retrouverons.

— Allons-y.

Ils s'élancèrent pour franchir le rideau de fumée puis la porte détruite.

L'espace d'un instant, ils sentirent sur leur peau la fraîcheur de l'air et la chaleur du soleil.

Composition : Francisco *Compo*
61290 Longny-au-Perche

Impression réalisée sur Presse Offset par

BRODARD & TAUPIN

GROUPE CPI

La Flèche (Sarthe), le 19-02-2003
N° d'impression : 16694

Dépôt légal : mars 2003

Imprimé en France

POCKET *jeunesse*

12, avenue d'Italie • 75627 PARIS Cedex 13

Tél. : 01.44.16.05.00